—————— 阅读之前 没有真相

午夜文库

777

[日] 伊坂幸太郎 著
吕灵芝 译

新 星 出 版 社　NEW STAR PRESS

布 两天前，别的酒店

"是 415 号房没错吧。"毛毯对走在前面的枕头说。她们都穿着米色上衣和褐色长裤，这是东京维瓦尔第酒店客房清洁员的制服。

此刻，二人走在酒店后院。前面的枕头和后面的毛毯之间，是装满了床单和枕套的布草车。

"没错，就是 415。你记着'好孩子'① 就对了。"

毛毯跟枕头已经认识十年了。当时她们都加入了同一所高中的女子篮球部。二人虽然知道彼此的存在，但是身在同一个社团却从来没说过话。应该说，毛毯和枕头在学校几乎不跟别的学生说话。

"到头来，从出生就决定了一切，真没劲。"一场比赛结束后，连替补席都没能坐上去，只能在外围观战的枕头低声喃喃道。她不是在跟谁说话，只是不小心道出了心声，不过，她旁边的毛毯正好听见了这句心声。她明白枕头的意思。因为枕头跟毛毯一样，在女生里也算个子矮小的。社团里有很多运动能力没有她们强，但是个子比她们高的人得到了器重，所以无论她们多么努力训练，甚至取得了一定的成果，也几乎无法上场。

---
① "好孩子"日语发音为"yoiko"，与"415"的发音相近。

"就是啊。"毛毯赞同道，"与生俱来的优势，真没意思。"

"只要长得好，身材好，人生就会更顺遂。甚至在学校也会十分快乐，活得自由自在。真让人讨厌。"

"那倒是不能一概而论。"

"怎么不能了。而且那些东西都是天生的，纯靠遗传。你不觉得很不公平吗？那些人根本就没怎么努力，生出来就那样了。我们呢？长得普通，个子还矮，身材也不怎么样。有时候我真想说，难道我长成这样是触犯天条了？"

毛毯的外貌特征跟枕头差不多，但她从未想过"我长成这样是不是触犯天条了"。此刻，她猛然醒悟过来。对啊，原来可以这样反驳啊。

"天生条件好的人其实也有属于她们的苦衷吧？"毛毯之所以这样说，是想听听枕头会如何反驳。

"怎么可能。"枕头连连摆手，"不是说她们一点都不辛苦，我只是想说，要不跟我换换呗？真这么说了，对方肯定会拒绝。那种气运之子，再怎么辛苦也有限啊。"

虽然她只是在发表自己的臆测，但毛毯并没有感到不舒服。枕头的语气里听不出针对某个人的憎恨，在抱怨的同时也带有一丝豁达，像是在说"反正这东西改变不了"。

"还有，我发现一件事。"

"什么？"

"气运之子总是要跟别人扎堆。"

"你这种称呼好中二哦。"毛毯险些忍不住笑出来。

"比如她们要有男朋友，要跟大家一起热热闹闹地玩耍，反正一个人什么都做不了。我一个人蹲在家里就很快乐了，那边却觉得这种活法很可怜。"

虽然她对于"那边"的定义很模糊，而且这结论下得有些武断，但毛毯还是说："嗯，是啊。"

这就是她们在高中时代的第一次对话。

客房清洁员专用的电梯来了。枕头先走进去，毛毯紧跟其后。她们按下了四楼的按键。

"话说回来，我听说乾这几天在到处找人。"枕头说。

"乾找什么人？"

"一个在他那里工作过的三十岁左右的女人吧。他找得可急了。"

"难道那个人携款潜逃了？"

"好像比那个还严重。不过乾出事了，我就高兴了。"枕头笑着说。

"他也算是咱们的恩人吧。"

"也可以说是在我们最困难的时候钻了空子，把我们带进这个世界的坏人哦。"

"他虽然跟我们同岁，但绝对是完全相反的存在。人家是高中时期每天都过得很精彩的人，在班上占据中心，被男生女生包围着，整天飘飘然。我打赌，他百分之百是气运之子。"

"我感觉他随时有可能像藤原道长那样，作一首《世界为我所有》的诗。"

"如果哪个乐队有这样的歌，主唱肯定是乾。就算他跟我同校，也绝对不可能跟我有交集。"

乾虽然称不上大帅哥，但也生得干干净净，五官端正，而且个子高挑，能言善辩，特别擅长与人打交道。

"最开始我只是觉得他这人热情得有些过分了。"

"那都是他的算计啊。朋友多，贵人多，这也全都是算计。说到底，只有他那种人才最吃香。人家只要在背后动动小手，就能夺走别人的功劳，根本不需要他做什么。"

"他最擅长的就是推卸责任了。什么都交给别人做。以前我当面指责过他，你猜他说什么？他说：'我上厕所是自己冲水的哦。'"

"乾帮政治家办过不少事情吧。比如做调查，还有遮掩丑闻。"

"而且实际干活的人还是他的手下。乾只需要大言不惭地接任务，然后得到褒奖。说不定他这次找人也是帮政治家做事。"

"他好像在到处发类似通缉令的东西，一旦发现那个女人，请立即联系之类的。不管是出租车司机、快递配送员，还是我们这样的人，反正到处发。他找的那个人叫什么来着，好像是纸野吧。嗯，一个姓纸野的女人。"

"找到人只是时间问题，毕竟乾的人脉很强大。"

"要是找到了，那个纸野会不会很惨啊。"

"该不会被全麻，然后解剖吧？"

二人齐齐干呕了一声。"你说，他喜欢人体解剖的传闻是真的吗？"

"太可怕了，我们离开他是正确的。""当然是正确的。"

电梯到达了四楼。

穿过员工通道，来到客房区域。走廊一片昏暗，间接照明的灯光带着一丝魅惑的光晕。

确认过"好孩子"客房的门牌后，用房卡一扫，门就开了。枕头尽量安静地推开房门，飞快地走进室内。

站在布草车后面的毛毯也跟了上去。

男人坐在沙发上，面朝着电视机。虽然对方站着更好解决，但这不是她们能掌控的。不管怎么说，问题都不算大。

"失礼了。"毛毯微微颔首。这让她想起了以前在高中篮球部向前辈队员打招呼的场景。

男人吓了一跳，猛地站起来。看见枕头和毛毯的身影，他明显陷入了混乱。他可能以为她们是客房清洁员，并且不明白这两个人为何会突然走进他的房间。

她们从布草车里拽出一张雪白的床单。

"喂，你们走错房间了。"

男人穿着米色长裤和深蓝色上衣，个子很高，体格健壮。

"不是吧。"站在旁边的枕头惊讶地说，"这人怎么全身都是破绽。"

动物会十分警惕身体比自己大的对手，但是看到身体比自己小的对手，则不会感到害怕。人类也有这样的本能。他们会畏惧高大的对手，轻视矮小的对手。这是枕头与毛毯以前经常分析的一个理论。她们还聊过："如果女性的平均身高比男性高出十厘米以上，整个世界就会大不相同。"

毛毯看着男人走过来，心想：真是太蠢了。在你仅凭外表就小瞧我们的那一刻，胜负早已有了定论。

她猜测男人要么会伸手揪领子，要么会抬脚踹，同时把床单的一角抛向枕头。

接下来就是既定的流程。二人扯着床单两头走向男人，展开床单迎头套住对方的上半身。男人顿时被封住了行动。毛毯再把床单的另一角抛向枕头。枕头接过后立刻往回抛，几次抛接之后，男人就被裹成了木乃伊。

接着，男人就会失去平衡，跌倒在地。

他大喊着挣扎了一会儿，但毛毯二人并不在意。她们隔着床带用浴巾缠住男人的脖子，轻轻一用力，就听见了颈骨折断的声音。

"感谢杠杆原理。"毛毯喃喃道。杠杆原理是化解体格和力量差距的魔法。

她们把男人的尸体折叠成抱膝的姿势，合力将其抬起，装进布草车。因为是经过加固处理的车子，所以不用担心底部破洞。接着，她们又在尸体上堆了不少布草，防止被旁人看见。

完成这些操作后，二人开始打扫房间，以免留下任何证据。打扫到一半，枕头指着墙壁说："啊，是小蓬。"

墙上有一台超薄电视，正在播放新闻。

身穿西装的男人接受着拿话筒之人的采访。他五官精悍，身材挺拔，虽然实际年龄已经五十多了，但看起来还很年轻。

"蓬实笃现在不是政治家了吧。"

"好像是情报局的？就是号称日本CIA的那个部门，他在里面当高层领导。之前那场事故之后，他就退出政坛了。"

毛毯很快就反应过来，枕头说的那场事故是什么了。三年前，一辆电动汽车行驶在东京都内的宽敞车道上，中途突然冲上人行道，撞倒了一对母子。事后测出司机喝醉了酒，而受害者是当时现役的国会议员蓬的妻子和孩子，所以闹出了很大的新闻。

拿着话筒的记者在电视上说："听闻蓬长官在从政期间曾被人盯上了，要取你性命，请问这是真的吗？"

"对此我无可奉告。"蓬长官苦笑着说，"不过，假如你盯上了我的性命，就凭我俩这个距离，我肯定是活不下来的。"

"其实我还挺喜欢小蓬的。虽然他经常口不择言，但说出来的话我都认同。"枕头说，"他不是一直在说应该削减国会议员的数量吗？"

"这个我也赞成。现在民间企业都在裁员，政治家也应该裁员，节省开支。"

蓬实笃从第一次当选开始，就一直在提议减少议员席位。然后他还主张"年龄过大的政治家应该隐退"，每次都会引起一番论争。

"小蓬说的没错。人的年纪大了，身体力量、记忆力和判断力之类的肯定都会衰退。无论多么优秀的人都一样。老年人连车都开不好，肯定是年轻人当政治家更好啊。"

"太年轻了也不行吧。"

"但是你想啊，你想把国家交给五十岁的织田信长还是八十岁的织田信长？那肯定选五十岁嘛。"

毛毯听完，思索了片刻。

反倒是枕头自己先说了下去。"不过织田信长那么可怕，还是算了吧。等他变成老头了，可能会更好相处。"

毛毯不禁想，织田信长被她们这些小了几百岁、见都没见过一面的人单方面认定为"可怕"，其实还挺可怜的。

"小蓬应该很不受欢迎吧。毕竟他主张减少政治家，就是与政治家为敌啊。"

"嗯，我猜也是。毕竟手握权力的人毕生事业就是抓着权力不放手。可能正因为这样，他才会放弃当政治家，打算从另一个方面着手改变，然后加入情报局，成了领导。"

"改变什么？制度吗？"

"我觉得他应该会很大胆。何况他第一次当选的时候，就在火车上抓过坏人。"

十五年前，新宿始发的快速列车上发生了一起乘客持刀袭击

7

其他乘客的案件，造成了十几人死伤，而蓬实笃刚好就在现场。那年四十岁的他同样身受重伤，需要住院治疗，但他也是最后制止了凶手继续行凶的人。

"我听人说过，三年前酒驾司机撞死他家人的事故，其实是取他性命的阴谋。"枕头盯着电视屏幕说。

"所以那并不是事故？"毛毯不小心提高了音量。

"那有什么奇怪的。"

毛毯想起了高中时的一位前辈。她认为教练的训练方法不合理，为了让篮球部有更好的发展而展开了行动，结果遭到其他高年级成员的抵制，被迫退出了女子篮球部。

"试图改变现状的人，在某些人眼中就是绊脚石。"

"有道理。"毛毯看了一眼屏幕上的蓬长官。

"小蓬，加油啊。"

打扫完毕后，枕头和毛毯离开了房间。

2010号房

"那姑娘还记得我的生日,我真是太高兴了。"眼前的男人举止爽朗,让人联想到温和可靠,能够包容下属失败的宽厚上司。

"你跟女儿很久没见面了吧。"七尾虽然心有不甘,但是难以忍受沉默,便问出了脑子里浮现的第一个问题,"听说她目前在欧洲。"

因为不知道具体的国家,他只能含糊其词。

"对啊,她在欧洲。""她是出国学习绘画专业的?""对,出国学习绘画。"

他们所在的地方,是温顿皇宫酒店顶层的2010号房。真莉亚不知从哪里接到的任务,把他派了过来。

"你只需要把东西送到房间,就这样。真的特别简单。"说明任务内容时,她还是一派老生常谈,然后开始讲解酒店结构,"地上二十层,地下有停车场。一楼是大堂和休息区,二楼有和、洋、中三个种类的餐厅,建筑物中央区域有四台电梯。宴会场在三楼,东西方向有走廊,两边各有十间客房。每层有两处逃生楼梯,都在走廊尽头。"

"东西是什么?"

"女儿想送生日礼物给父亲,你的工作就是送货上门。你会不会有点心虚,觉得这个任务太简单、太安全了?"

"我最不放心的就是你经常挂在嘴边的简单和安全。"

"真的只是送礼物上门而已哦。"

"她怎么不自己送。"

"人家在留学呢，怎么送？听说他们父女俩以前关系很不好，直到女儿去了外国，才理解了父亲的好，所以想给父亲送个生日礼物。你说，这不是挺好的吗？"

"那也没必要专门送到人家出差住的酒店吧，寄回家不就行了。"

"她说她父亲平时工作很忙，总是要出差，很少回家。还说生日礼物就该在生日当天送到。总而言之，你就按照委托内容给他送过去，然后就能拿到报酬了。我知道你说了不想再干危险的工作，那就更不能错过这么简单的活儿啦。"

"上次交代那个疾风号的任务时你也是这么说的。"七尾毫不客气地反驳道。他说的是业内用新干线车型称呼的"E2"事件。当时尸体堆积成山，连七尾都差点成了尸山的一部分。而那个任务的内容非常简单，就是拉着行李箱上车，在下一站下车。

"这次绝对没问题，真的很简单。你把礼物交给他就完事了。如果可以的话，最好拍一张她父亲的照片，证明你真的完成了工作。"

真莉亚不是那种说话又密又快的人，语气十分轻缓。这里面也许隐藏着一些窍门，因为仔细听下去，就会控制不住地觉得"确实有点道理"。七尾连忙结束了通话，防止被她继续洗脑。

而现在，七尾站在温顿皇宫酒店 2010 号房门口，面前是那个身穿米色长裤和白色上衣，让人很想给他贴上"工作强人"标签的男人。

他可能是一家效益很好的公司的高管，因为他袖口露出的腕

表一看就不便宜，放在旁边的包也有很显眼的奢侈品牌标识。

由于七尾是突然找上门来的，男人一开始还很困惑。可能委托人为了给他一个惊喜，事先并没有联系他。这让七尾很为难。因为对方丝毫不掩饰眼中的警惕，还挂上了门扣，只从房门缝隙露出了半张脸。

七尾尽量用不让人起疑的方式说明了情况，表明自己只是来帮他女儿送生日礼物的，完成交接之后会立刻离开。然后，就见男人的表情瞬间缓和下来，还把七尾请进了室内。对方给的说法是，他拿来的东西看着有点重，希望能直接送进房间里。七尾看了一眼自己刚刚搬进来的、被层层包裹的东西。那东西虽然不厚，但面积很大，单手很难搬动。

"她送了什么给我啊。"男人摸了摸打包好的东西，眼中似乎迸发出光亮。

"谁知道呢。"话音刚落，七尾觉得自己好像有点不太礼貌，连忙补充道："可能是画吧。"这是她根据"出国学画"简单做出的推测。

"嗯，确实有可能。"说着，他便开始拆包。

七尾觉得自己没必要陪着他确认礼物，本打算直接离开，而就在这时，不知从何处掉出一张明信片，落在了七尾脚边。他捡起来，看到了上面的文字。

"我根据上次视频通话时看到的爸爸画了一张肖像画，是不是很像？"

包裹里的东西果然是一幅裱了画框的画。再一细看，那幅肖像画用轻柔的笔触描绘出了一个目光温和、正在微笑的男人。画中人物的皮肤、头发，甚至脖子都很写实，让七尾不禁感叹：画得真好啊。虽然他无法判断这幅肖像画的艺术性，但一眼就能感受到融入笔触中的深情，让他忍不住对那个素未谋面的委托人产生了好感。

太好了，任务顺利完成了。他很希望如此，也觉得自己应该让这件事过去。毕竟这只是一个"简单又安全的任务"，没有任何问题。他只需要抛开一切不合理之处，离开这个房间。

"你等等，到底怎么回事？"电话那头的真莉亚说，"怎么了？那不是个很简单的任务吗？"

"简单又安全。"七尾替她补上了早已听腻的口号。

"你在哪里？"

"还在温顿皇宫酒店。这酒店真不错啊，房间的装潢经典又高级，就算是富有的贵族来了也不会有任何不满。"米色地板和黑色木纹装饰性墙纸十分搭配。

"我是不了解富有贵族的品位，"电话那头传来她的叹息，"可那应该是轻轻松松就能完成的任务吧？就送个礼物而已。"

"那幅画很不错，画的是女孩的父亲。"

"有什么问题吗？"这句话饱含着不希望得到任何异常回答的心愿。

"脸不对。"

"脸？"

"肖像画中的男人和酒店房间里的男人不一样，体型也不一样。"画中人的体形微胖，长着一张圆脸，而2010号房里的男人脸型瘦削。二者几乎不存在任何共同之处，根本无法用体重的增减和脸的胖瘦来解释。

"什么意思啊。不过这就是艺术吧？可能委托人觉得照着实物画没有新意，你看莫迪利亚尼和岸田刘生不都那样吗？"

"我一开始也是这么想的。虽然无论怎么看,那都是一幅写实的肖像画,但也可能经过了艺术加工。更何况我又不懂艺术,所以不能断言。"

"是啊。"

"所以我只是想跟你说一声,告诉你画和人不一样。至于这到底是怎么回事,跟艺术有没有关系,接下来该怎么处理,就得你来决定了。"

"所以你就打电话给我了?"

"不,我准备下一个电话再说这个。"

"什么意思?"

"我准备暂时离开房间,给你打个电话。"

七尾刚才对2010号房的男人说:"我能打个电话吗?"

"电话?"他疑惑地问。

"没什么,就是一点程序方面的问题。"他含糊地回答道。自从跟真莉亚开始合作,他从来没走过任何程序,但往大了说,一切行动都能算作"程序"。

"那能麻烦你去外面说吗?毕竟让我听见了也不太好。"

"哦,好的。"

一旦走出房间,房门就会自动上锁,把他再次关到门外。不过再想进去,只需要按个门铃就好。而他已经做完了该做的事情,甚至可以直接离开。画跟人不一样能有多大的问题呢?艺术不就是要表达对象的真实面貌吗?事实肯定就是这样。

七尾说服自己后,转身走向房门,但是没看到沙发的位置,差点就撞上去了。他情急之下一扭身子,避开了那个沙发。

"然后就出岔子了。"电话那一头很安静,他有点怀疑真莉亚是不是真的在听。不过很快,那边就传来了声音:"出什么岔子了？"

"他吓了一跳。我猜他是想从后面掐我的脖子，结果我突然做了出乎意料的动作，让他受了惊吓。"

"掐你脖子？等等，这到底是怎么回事？"

"从结论开始说吧。他应该是个假货。真人是假的，画才是真的。他不是画画那个女孩儿的父亲。"

怎么稀里糊涂的，你再仔细说说，别从结论开始说——真莉亚不停地追问，于是七尾飞快地说出了自己的推理。

我突然找上门来，要送一幅画给他，那个人可能产生了怀疑。从他请我进屋那一刻起，他可能就决定要除掉我了。也有可能在交谈的过程中觉得我的反应不对，然后产生了杀心。总而言之，在我转身想要离开房间时，他偷偷跟过来，想掐我的脖子。

"一个普通人为什么会做那种事？"

"因为他不是普通人。我猜他跟我们一样，是个法外狂徒。"

"难道他也在做见不得光的事情？"

"谁知道呢。现在已经无法询问本人了。"

真莉亚沉默了。然后，她又叹了口气。七尾看了一眼被摆在沙发上，已经没了气息的男人。

"他死了？"

"你这么说有点吓人呢。"

"别管我怎么说了。难道我要说，你把他送走了？"

"嗯，这么说挺不错的。但不是我把他送走的。刚才不是说了吗，他要掐我的脖子，结果没站稳。可能是踩到脚下的纸片滑倒了。"然后，他就一头撞上了房间里的大理石桌角。七尾惊得瞪大眼睛，眼看着男人跌倒在地，痉挛了一会儿就不动了。

真莉亚沉吟了片刻，不知是在思考，还是因为这意想不到的事态发展而烦躁。总之，她哼哼唧唧了一会儿，才开口道："我们可不能掺和进去，只能扔下不管了。反正你出去后，房门会自动上锁。"

"等客房清洁员来了，不就暴露了吗？那些人都能用万能钥匙开门的吧？不过，刷卡式门锁也有万能钥匙吗？"

"应该有的吧，否则紧急时刻打不开门怎么办？不过一般都是等客人退房后才会进去清扫，应该不会很快过去。房间里应该还有不需要清扫的按钮吧。"

"他定了几天酒店？"

"你觉得我能知道？"

"你应该能。"七尾毫不掩饰话语中的阴阳怪气。

"现在是下午五点，所以退房时间至少是明天中午之后。在此之前，应该不会有客房清洁员进去。我先找朋友问问能不能处理尸体，在此之前你先藏在厕所或浴室里吧。"

"原来如此。"七尾并没有被说服，但还是应声了，"我顺便问一句，你的委托人没问题吗？"我有点怀疑，世上怎么会有送父亲肖像画的女儿呢？"能找你委托工作的人，不可能是非常普通的人吧。"

"哦，她是我们这一行的。"

"果然。"

"不过她跟那些打打杀杀的事没有关系。顶多就是出国回国的时候运送一点东西，或是秘密传递一些情报。我有时候也会请她干活。"

"那人怎么会对我出手呢？"七尾先说了一句，然后反应过来，"哦，也对。"毕竟画上的男人跟房间里的男人不是同一个人。

"总之你先给他拍张照片发给我吧，我也许能认出来。待会儿我会好好看看。"

"待会儿？你就不能现在看吗？"

"现在我忙不过来。刚才没告诉你，我在高速上呢，跟你打电话是开的免提，看不了照片。"

"你在旅行吗？"而我却在辛苦干活。

"可不兴这么说啊，我刚旅行回来呢。努力工作的人需要时不时地放松一下。"

"那我怎么办？"

"你简单收拾一下房间，然后就能走了。我过后也要出去一趟。"

"出去？"你不是已经在外面了吗？

"我先回一趟家，然后出门去看戏。下午六点半进场，七点开演。"真莉亚说完，又报了个剧团的名字。尽管七尾并没有问，她还是滔滔不绝地说了剧场名称和公演时间，还有他们的演出有多受欢迎，凑巧搞到票的自己有多么走运。

"你整天光放松了，真的没问题吗？"

"啊，我得提醒你一下。"真莉亚的语气变得严肃了一些，"你回去时小心点。"

"小心点？我就离开房间，坐电梯到一楼，离开酒店，走进地铁站，仅此而已啊。"七尾感觉自己并不是在对真莉亚说这番话，而是向那股有可能正关注着自己的、掌控巧合与命运的强大力量倾诉。"这有什么难的？"

应该不难吧？

"你应该最了解自己吧。就算只是做些很简单的事情，你也总是会被卷进麻烦。"

"那就是我，我当然再清楚不过了。"七尾没有否定。然后，他叹了口气。"不清楚的是你才对。你说给我一个简单的任务，现在又担心起来，要我小心行事，这也太矛盾了吧。"

"这本来就不是会出现尸体的任务，连我都害怕你这霉运了。"

七尾又看了一眼沙发上那个穿白衬衫的死人。"我真的不想跟死人扯上关系。"

"我希望你记住一点。"

"什么？"

"我知道你不想伤害任何人，也会尽量尊重你的意愿。但是，这并不妨碍别人想害你。"

"什么不妨碍？"

"对于想除掉你的人，你千万不能手软。如果人家对你有杀心，你也得做好杀人的准备。这就像足球里的点球大战一样，是有来有往的事情。"

"你这比喻真蹩脚，不过我明白了。等我离开酒店安定下来后再向你汇报。"

"看戏期间看不了信息。"

"那你就看完戏再确认。"

结束通话后，七尾把男人的尸体拖进浴室，放在浴缸中。然后他又用打湿的浴巾擦掉了地毯上的血迹，接着把浴巾也扔进了浴缸。

确认室内没有自己的痕迹后，他开始烦恼那幅裱了框的画该怎么处理。随后他又想，这个房间为什么会有别的男人在。刚想到这里，他猛地一激灵。

他把礼物的包装纸翻了过来，那上面贴着写有房间号和姓名的字条。就见手写的"2010"有点模糊，也不是不能理解为

"2016"。会不会反了？很快，七尾脑中就生出了疑念。会不会本来就是"2016"，却被我看成了"2010"？

的确有可能弄错房间。就是弄错了。是谁弄错了？是我。

假设如此，那就意味着2010号房的男人明知道这包裹不是自己的，却没有马上质疑，而是把七尾请进了房间。

换作一般人应该会说："你是不是找错房间了？"而这个道上混的男人先想到的是"会不会有诈"，所以才把七尾请了进去。这么想的确很合理。

所以说，他就是过于谨慎，聪明反被聪明误了。这世上本就充满了异常讽刺的闹剧。

要不，这礼物还是送到2016号房，交给真正的收件人吧？

紙野 1914号房

"这温顿皇宫酒店还挺不错啊。建筑物本身虽然不大,但是内部装潢很好。甚至走在房间里都会有点紧张。"

纸野结花看着滔滔不绝的可可,想起了很久以前就已去世的母亲。她母亲人缘很好,虽然热情主动,但是不讨人厌,会让人不自觉地感到亲近。她都已经六十多岁了,乍一看还像个五十多岁的人。

纸野结花昨天就住进了这座酒店,而可可是后来的。

"这酒店规模不大,房间的数量也不多,但是整体有种高级感,给人感觉很奢侈呢。"

"我之前定这个地方,就打算把一辈子存的钱都花掉。"

可可发出了混杂着惊叹与无奈的声音。

"你知道吗?这座酒店号称'想死都死不了的酒店'。"

"啊?"那个形容实在有点吓人,纸野结花被吓了一跳。

"不是那种很可怕的意思哦。是说每个住进酒店的人都会感到很幸福,连本来想死的人都不再想死了。所以,如果厌烦了人生,大可以试试来这里住上一段时间,说不定会有好处哦。"

"哦,原来是那种意思啊。"

可可从背包里拿出平板电脑,放在面前的圆桌上。接着,她又打开便携键盘,开始噼噼啪啪地打字。

"那什么，真的能行吗？"

"什么能行？你说让你逃走？我来这里就是为了那件事啊。而你委托我，不也是为了达到那个目的吗？莫非你之前并不知道我年纪这么大了，现在有点后悔？"

不敢不敢——纸野结花连忙摇头。"乾先生之前说过，要重启人生，就该找可可女士。"

其实那句话不是对纸野结花说的，而是对着电话说的。

"如果你想放弃现在的人生，尽管交给我。"可可故作夸张地说，"你从乾那里打听到了我的联系方式？"

"跟乾先生工作相关的人，我都记住了联系方式。"

"全都记住了？你记忆力这么好啊。"

一个劲儿提问的可可看起来更像母亲了。"是的。"

"哦？你承认得挺爽快啊，我还以为你会谦虚一点呢。"

"我无法否认自己记忆力好的事实，毕竟一切都是因为这个。"纸野结花说完，只觉得胃部一阵抽搐。她抬起右手托住了脑袋，恨不得把大脑整个掏出来。

"什么一切，什么意思？"

"我的人生之所以变成这样，都因为这记忆力。还有，这也是我跟随乾先生的原因，以及我逃离他的原因。"

我这一辈子，恐怕一个朋友都没有。

"记忆力强不是一件好事吗？打扑克应该很厉害吧。"

"是很厉害。"纸野结花的语气变得坚定了一些，因为她突然有了真实的感触。她记得自己小时候玩扑克连连看，边玩边说："中了。""又中了。""为什么你们都猜不中呢？"那种优越感真的让她很是受用。后来，她逐渐意识到别人的记忆力并不像自己这样优秀，同时也领悟到了"遗忘"的能力是何等重要。

能把讨厌的事情都忘掉就好了——每次有人说这句话，纸野结花的回答都只有一个。

忘掉？怎么忘？

"无论什么事情，我都能一直记着。不分大事小事。看见过的听到过的，我全都能记住。如果只是发呆眺望，倒是相对好一些，可是一旦集中注意力——"

"就会被刻入记忆？"

纸野结花用力点点头。"没错，刻入这个表达太准确了。一旦刻入，就是擦也擦不掉，洗也洗不掉。"

"这么深刻？"可可瞪大了眼睛。她迈开步子，从床边拿起一本资料。"你看了这样的东西，也会记得清清楚楚？"

翻开一看，里面是酒店住宿的相关条款。纸野结花点点头，扫了一眼翻开的页面。不到三十秒，她就开口道："这一页我都记住了。"

面对半信半疑的可可，她直接背诵了那一页的文字。

"哎呀，真厉害。"可可说完茫然了片刻，"我这健忘的人都要羡慕死了。"

"小时候我一直不太明白，为什么身边的同学和父母会忘记事情。"

"你考试成绩一定很不错吧？毕竟学校里的那些东西，只要会背了就能得高分。"

纸野结花点点头承认了。从小学起，她就从未因为学习的问题操心过，慢慢地就有人说"结花是好学生"了。

"不过，同学对我说的一些阴阳怪气和话，还有不好的态度，也全都被我记住了。"纸野结花敲了敲自己的脑袋。即使对方没有恶意，或是并没有深意，她还是会反复咀嚼那些话语和态度，渐渐生出消极的想象——"也许那句话是在骂我。""是不是我的态度不够好？"

与人交流只会徒增不好的记忆。除却对方的言行举止，她连自己的失言和不太好的举动都会一一记在心中，让她痛苦万分。罪恶感和愧疚感永远不会消退，始终深深刻印在脑中，让她不断纠结。

十几岁进入青春期后，她开始渐渐疏远他人。

"我一个朋友都没有。虽然在学校里还会说几句话，但我从来不跟别人在校外相见或相约玩耍。"

她并不会寂寞。不过，偶尔在社交网络上看见一群衣衫靓丽的男女相谈甚欢，或是模样俊俏的男女高兴地晒出自家孩子的照片，她就很容易心情忧郁，暗自思忖"为什么只有我在虚耗光阴"。

说到这里，可可摆了摆手。"那根本不是幸福。因为他们只能靠炫耀来让自己感到幸福。身边的朋友多了，就会不由自主地深陷在嫉妒和不满之中。"

"会吗？"纸野结花明白可可这是在安慰她，于是笑了笑，"不过一个人很孤独。所以，我在上大学时想了很多。比如我该如何活下去，究竟什么工作最适合自己。"

"像律师这种需要考取资格证的工作怎么样？你记性这么好，应该很适合背法条。"

"我确实想过。"她还后悔过，当初为什么没有考法学院。不仅如此，她知道自己应该很擅长考取资格证，也想过是否应该成为某方面的专家。"不过说句不好听的，医生和律师平时面对的不都是需要帮助的人吗？"

"嗯，那都是帮助别人的职业。"

"如果我一直记着那些人说过的话,可能迟早会崩溃。"

"我好像能理解。"

"思来想去,我突然有了灵感,觉得做点心师应该不错。"

"这么突然?"可可笑道。

"甜品方子、分量和顺序之类,我记忆起来肯定得心应手。虽然不知道自己有没有那方面的天赋,但照本宣科肯定是没问题的。而且——"

"品尝美食会让人快乐。"

纸野结花用力点点头。"于是我决定从大学退学,去上职业学校。"

希望别人开心,希望自己能让别人开心。她已经放弃了交朋友,至少可以去争取那样的机会,不是吗?

当时,纸野结花非常兴奋,觉得自己总算找到了生存之道。实际上,在职业学校学习的那段时间,确实是她人生中最安稳的几年。

"毕业后,我在都内的西点店找了份工作。"

"结果呢?"

"不太好。"纸野结花如实说道。

"哦?"

"对于工作,我还是很努力的。"

"嗯,不过到哪儿都逃不开人际关系吧。"

不用纸野结花明说,可可似乎也猜到了真相。兼任甜品师的老板决定着店里的氛围,员工前辈把工作都推给她,还不由分说地指责她。在那个老板的脸色比商品的品质和客人的满意更重要的职场,她只尝到了悲伤和痛苦。"不过,这也很常见吧。"

"不行不行不行,就算那种情况很常见,你自己的感受还是最重要的。真要这么说，凡是活物终有一死，那我们又何必垂死挣扎呢。不能因为常见就妥协啊。"

"最后我辞掉了那份工作。不过，那段时间的痛苦我永远都忘不掉。"

"也对，痛苦会随着时间被淡忘，这个理论在你身上不适用。"可可对她的痛苦表示了同情。

"我的心理出现了问题，有段时间只能靠吃药维持，把身上的钱都花光了。"

身心都出了问题，只能靠着存款坐吃山空。尽管如此，纸野结花还是想保持跟社会的联系，就参加了志愿者活动。没想到竟因此遭遇了精心设计的诈骗，短短半年就被骗走了几乎所有财产。

"哎呀……"可可皱起了眉。

"就在那时，我遇到了乾先生。"

她顶着烈日做了一天需要站立的兼职，筋疲力尽地往家走时，发现了一家新开张的西式点心店。装饰在窗边的水果挞特别漂亮，她忍不住凑过去仔细端详装饰的细节，却听见乾开口道："这位小姐，你想要那个蛋糕吗？不如我买给你吧？"她慌忙解释："不，我只是想看看。"乾自然是将这句话理解成了推托的借口，凑过去说："你就别客气了，我们一起吃吧。"

"该说他轻浮呢，还是会来事呢。总之那就是乾的风格。他最擅长用这种手段拉拢人。"

纸野结花不知如何作答，只能讪笑一下，说出了心中的为难之处。"他在我面前，不是一个坏人。"

"真正的坏人会让每一个人都这样看他。"可可同情地说，"你在乾手底下干了几年？"

"两年。主要是文书工作，还做些财务工作。"

"你知道乾的营生有问题吗？"

"一开始当然是不知道的。"她没有说谎。因为做不了其他工作，能在乾那里得到一份活计，她非常感激。但如果她一开始就知道那是违法的事情，肯定不会加入。

"乾知道你有过目不忘的能力吗？"

纸野结花点点头。在刚开始工作时，她就坦白了这一点。因为她觉得自己承了情，就该说清楚底细，以免给别人添麻烦。

"他很高兴吧？"

"啊？"

"乾做事从来不会自己动手，只会让别人出头。你这记忆力肯定有特别大的用处。我还记得他以前说过这样一句话：'其实我在背地里一直把人称作工具。'这种说法太露骨了，让人发笑。"

纸野结花赞同地点点头。只要一个人有可以利用的地方，乾就会毫不客气地利用，所以他有一大半工作都是靠别人完成的。

回想起来，他带着纸野结花出去时，也会让她记下合作方的联系方式，甚至口头列出自己的行程，毫不客气地说："纸野你帮我记住哦。"有时他带纸野去跟政治家聚餐，事后把她当成行走的议事录，随口就问："那个时间那个人说了什么来着？"从这个意义上说，乾的确可能把她当成了可以语音控制的记忆装置。

"有什么好笑的？"被可可一说，她才发现自己笑了。

"乾先生有时还会问：'我今天吃过午饭没？'"

可可笑了。"记性再怎么好，也不至于连那种事都知道吧。他可真会使唤人。"

"我也不知道他有几分认真。"

"你肯定听说过一些不好的传闻吧。"可可突然露出苦涩的表情。

纸野结花瞬间紧张了。"什么传闻?"

"乾是个解剖狂魔。你没听说过吗?"

"解剖?"

看着纸野结花的反应,可可露出了"糟糕"的表情。她可能觉得,既然对方不知道,自己就不该专门提起来。"传闻说他会专门去找一些走投无路的年轻人,给他们做全麻之后剖开。"

"剖开?"

"像剖鱼一样。"

纸野结花掩着口,好一会儿无法言语。她当然是头一回听到这样的传闻。紧接着,她开始想象人的身体被放在砧板上的情景,像是吓了一跳,慌忙摇了摇头。

"不过那也只是传闻。"

"是啊。"话音刚落,纸野结花就被激发出一段记忆。

乾办公室里那些人体模型,还有人类骨骼和肌肉的图解画册。乾经常痴迷地看着那些东西,还会上手抚摸。原来背后竟有这样的内情吗?

这下纸野结花明白可可为什么会摆出如此苦涩的表情了。她是在担心自己被抓到后,沦为乾的案上鱼肉。她顿时毛骨悚然,下腹冰凉,仿佛已经被掏空了。想象着自己的皮肤在毫无知觉的情况下被剥离,她连呼吸都开始颤抖。

⑥ 车道

一辆SUV载着六个人开往温顿皇宫酒店。

"飞鸟,还有多久能到?"

"如果导航的预测准确,还有十五分钟。"

"乾要找的女人就住在那里吗?"

"她叫什么来着?"

"纸野啊。纸野结花。镰仓,这种小事你得记住吧?"

"等着我们哦,纸野小姐。"

"我有点开心呢。"

"平安,你开心什么呢?"

"猎物拼命躲藏,而我们把她逼到死胡同再抓起来,这难道不开心吗?"

ＳＵＶ上共有六个人。开车的是飞鸟,副驾驶坐着奈良。她们今年都二十三岁,是六个人里年纪最小的。而且,她们都生在富裕的家庭,都是家中的三女儿,同样上了国际学校,然后被家庭放逐,有着许多共同点。不过,她们也有很多不同的地方。飞鸟身形瘦削,曾有男人主动凑过去说:"你好漂亮啊,像模特一样。"被她用牙签戳了眼睛。奈良身高一米七五,在女性中算很高的,有一次被人调侃:"你去当奈良的大佛,都嫌太长了。"结果她二话不说就用圆珠笔捅了那人的耳朵。

坐在第二排的镰仓是个男人,二十六岁。他跟飞鸟一样,外表具备了"普遍理想型"的要素,曾经被星探看中,去给男性时尚杂志当平面模特。

镰仓旁边的平安二十八岁,身材矮小,因为下垂的眼尾和习惯的说话方式,经常被人认定为"腼腆""脑子笨,不擅长逻辑判断"。平安为此很是烦恼,因为她实际上与那些评价正相反,不仅思维敏捷,还能做出合理的判断,能够用最快的速度解决问题。

第三排左侧的战国三十岁，身材高大壮硕，更像是美国橄榄球运动员，厚实的胸膛和健壮的二头肌极有气势。他很少表露感情，也不怎么说话，最喜欢的就是对比自己身材瘦小的人拳打脚踢。

与战国隔开一段距离坐着的，是六个人中年龄最大，今年三十五岁的江户。其余五人都是被江户召集起来的，所以他是这个集体的领导者。

"江户先生，最近我听人说，以前有个叫业内杀手的？"镰仓扭过头对第三排的江户说。

"啊，我也听说过。那是很久以前了吧。"

"平安的消息挺灵通啊，我怎么不知道。"

"那只是奈良的消息太闭塞了而已。之前有个特别厉害的业内杀手，听说不到一年就杀了二十个还是三十个人。"

"这数字也太奇怪了吧，二十个人和三十个人完全不是一个概念。而且对方还是业内人士，不是普通人。真有人能杀掉这么多吗？"开车的飞鸟高声说。

"那已经是十五年前的事了，在我开始现在这份工作的不久之前。"江户解释道。

"我当时还是小学生呢。""我也是。""那个人现在怎么样了？是男是女？"

"平安，你也太好奇了。"

"因为我听说那个人有一次被五个业内人士包围，还把所有人的两条胳膊都废掉了。这我能不好奇吗？"

"两条胳膊都废掉了？"

"听说是卸掉了两边的肩膀。"江户说。

"啊？怎么回事？"平安又兴奋又好奇地追问着，仿佛听到运动选手又打破了纪录。

"那人好像很擅长这一套,瞬间就能卸掉别人的肩膀,令其失去行动力。目标被卸去肩膀后,就会被活活打死。"

奈良和镰仓兴奋得大喊大叫,还吹起了口哨:"两条胳膊都动不了,那肯定很慌吧。单方面凌虐无法反抗的对手,想想就开心。""我也想试试。"

"不过这些都是传闻,实际情况谁也不清楚。你们都听说过撞车杀手吧。"

"就是让目标被电车或者什么车碾死的杀手?"

"也有人说那只是虚无缥缈的都市传说,无非是把那些因为交通事故而死亡的人都归结到了杀手身上。同样,当时一些不知为何死去的业内人士,也传说是死于业内杀手之手。"

"说不定是哪个有钱人自己发明了武器,惩戒了那些坏人。有点像电影情节呢。"飞鸟说。

"正义的伙伴卸掉坏人的两条胳膊,然后将其干掉。真不错啊。简直是暗黑英雄中的暗黑英雄。要是拍成电影,恐怕除了我们没人会支持。"

"不过那个人只活动了一年,然后就销声匿迹了。"

"'活动'这个说法准确吗?"战国喃喃道。

"不是有个浮世绘画师吗?那人也是活动了不到一年,全身都是谜团。"

"你是说写乐吧。关于写乐的真实身份,外面流传着很多说法。也许业内杀手也差不多。只是,为什么那些人都只出现了一年呢?"

"会不会是一年后就死了?所以才会销声匿迹。"

"说不定是假死,然后逃到了蒙古呢。"平安说,"我特别喜欢义经传说①。"

"我听说啊，那人最近又出现了。"镰仓说道。他本就是为了提起这个，才引出了话题。

"谁最近出现了？"

"有业内人士被杀了。"

"谁啊？""不知道。""既然没有闹出什么大动静，也许是不重要的人。而且，业内人士被杀不是很正常的事情吗，毕竟是高危行业。"

"听说那个死者，两条胳膊都被卸掉了。"

"啊？"

"然后就有人议论说业内杀手可能又重出江湖了。"

"现在暂时还不好说啊。"江户回答，"搞不好是模仿犯呢。"

车子一个急刹，坐在第二排的镰仓身子往前一冲，撞上了驾驶座的靠背。"飞鸟，你怎么开车的？"

"是前面那辆车先急刹的。"

副驾驶座上的奈良不甚在意，依旧脸色阴沉地抱着胳膊。

车又开了起来。

镰仓斜着身子看向前方，一辆黑色轿车的车屁股映入眼帘。只见刹车灯一闪，那车又停了。飞鸟也跟着踩刹车，他们的车猛地一顿，也停了下来。

飞鸟试图从右车道超车，前面那辆车却斜插过来挡住了去路。

"这简直就是挑衅式驾驶的范本啊。"

"江户先生，再这么磨蹭下去太花时间了，我可以直接撞上去吗？"飞鸟用所有人都能听见的音量大声说。

---

① 日本明治时期出现的传说，认为源义经的死亡实为假死，后来他去了蒙古，成为成吉思汗（日本有很多历史人物假死逃遁的传说）。

"有道理，那就赶紧行动吧。"

接下来，众人并未商量流程，却不约而同地展开了行动。

前方车辆故技重施，但飞鸟这次没有马上刹车，于是ＳＵＶ不可避免地撞上了那辆车。

前方车辆被弹出去一段距离。片刻的死寂之后，驾驶席和副驾驶席的车门同时打开，走下来两个年轻男子。

他们穿着Ｔ恤和短裤，像是夏天在海边玩耍的游客。经过锻炼的肌肉大剌剌地暴露在空气中。

"我下去一下。"镰仓按下右侧车门按键，拉开侧滑式车门跳了下去。与此同时，左边的平安也下了车。

"喂，你们怎么突然撞上来了，给我赔钱好吗？"

两个年轻人表情轻浮地说。毕竟镰仓五官端正，像是出演恋爱电影的小白脸演员，而平安是个娇小可爱的女孩子。对方态度松懈，仿佛在对两个小孩说话。

"哎呀，真不好意思。你们突然停下来，这不，一时没反应过来，就撞上了。"

"不过换一个角度，应该算是你们撞过来吧。"许是镰仓和平安的态度过于游刃有余，两个年轻人的表情顿时绷紧了。他们依旧保持着刚才那种轻浮的态度，说出来的话却带上了攻击性，近乎威吓。

紧接着，响起了一个声音。前车的后窗突然碎裂，掉了一地的碎片。

两个年轻人惊得张大了嘴，都不知道发生了什么事。

"我听说最近的车都有特殊设计，如果司机故意别车，后窗就会碎掉哦。"镰仓说。

"你胡说什么？"因为车子被损坏，两个年轻人顿时怒火中烧。

镰仓不慌不忙地从裤子后袋掏出一支圆筒，又从胸前口袋拿出装着迷你箭矢的弹仓，推进圆筒后侧。

然后，他叼住了圆筒。

刚才车窗之所以会碎，是因为平安用了吹箭。她专门找出用于破窗的箭矢，吹了出去。

镰仓深深吸入一口气，叼着吹筒用力一喷。这么近的距离不可能射偏。果然，箭矢扎进了男人的脖子。

那男人似乎想喊痛，动作却突然顿住了。

旁边的年轻人发出一声凄厉的惨叫，然后便不动弹了。平安吹出的箭矢射中了他的左眼。

镰仓看过去，就见平安满脸骄傲地竖着大拇指，仿佛在炫耀自己的准头。

两个年轻人还在一步一步地朝他们靠近，但是动作变得十分缓慢，接着突然双双倒下了。镰仓蹲下身，凑近一个人的脸，对他说："那箭上抹了让人全身麻木的精神毒素。一旦中毒，身体就会无法动弹。你能听见的吧？而且你的视力、听力都正常，意识也很清醒。"

镰仓说完，架起那个男人拖走了。平安见状，扭头就上了SUV，显然不打算做体力活，要把事情全部推给镰仓。

"唉，重死了。麻烦死了。"镰仓叫苦连天地把男人扔到了前车的副驾驶席上。然后，他又拖着另一个年轻人塞进了驾驶席，顺便拽了一把方向盘下面的操纵杆，打开油箱盖。

"我要把车烧掉哦，你们好好体验一下烈火的热度吧。不是都说挑衅式驾驶容易引火烧身嘛。"

两个年轻人的眼睛不停地转动，好像还浮起了泪光，镰仓看了，心情甚是美妙。他关上门，走到油箱盖的位置，打开油箱，准备点火。

二十楼

七尾走到疑似真正收件人所在的 2016 号房，正好碰见一个圆脸的男人从里面走出来。只一眼，他就认出这正是画上的人物。

七尾掂了掂刚才好不容易才重新打包好的画，就见那个男人笑着说："哦，已经送过来了呀。"

如果没有搞错房间，这个任务本应该如此简单。就像被展示了正确答案，七尾顺利地走完了后面的流程。

男人说："我正打算出去呢。"接着便把七尾请进了 2016 号房。"自从女儿跟我说，有一份礼物要送给我，我就一直期待着。"说完，他端详着七尾递过去的画，高兴得眯起了眼睛。这跟 2010 号房里发生的事情截然相反，早知道就该直接来这里。念及此，七尾忍不住责怪起刚才看错房间号的自己。如果直接来这里，2010 号房的人就可以保住性命，然后皆大欢喜了。

七尾接受了感谢，又拍下男人跟画的合照，心里充满了完成任务的成就感。

圆脸男人还要继续出门，便跟七尾一同走出了房间。

"哦对，有件事我差点忘了说。"他们走到电梯厅时，男人开口了，"刚才我听同行说起一件事。"

"什么事？"

"有个业内人士对某个中介心怀怨恨，准备在今晚泄愤。"

"怨恨？那人要对中介出手？"那又如何？

"被怨恨的对象，应该是你那边的真莉亚小姐。"

"她确实也做中介。"不仅是真莉亚，不少中介都跟真正做事的人有矛盾。"不过,这世上不只有她一个中介吧。"

"我听到的消息是那个中介今晚要去看戏,而那人已经买了旁边的座位,准备趁机杀了中介。"

"啊,真莉亚的确说过她搞到了戏票。"

"果然如此。我猜,那应该是个圈套。"男人遗憾地嘀咕了一声,看起来不像在撒谎,"我之前就听说女儿请真莉亚帮忙送礼物过来,觉得赶巧了,就想着知会她一声,没想到险些给忘了。我倒是想直接告诉真莉亚小姐,但没有联系方式,想让女儿帮忙说一声,却打不通她的电话。你能帮我告诉真莉亚小姐,让她别去看戏吗?"

"哦,这样啊。"七尾点点头,"确实,只要提前说一声就好。"那样就不会有事了。

下楼的电梯到了。七尾决定先给真莉亚打电话,所以只有那个男人进了电梯。"谢谢你帮忙送货。"圆脸男人道了声谢,七尾抬起一只手示意听到了。

真莉亚没有接电话。七尾啧了一声,这人怎么关键时刻这么不靠谱呢。在他准备发消息时,下一台电梯也到了。

一对貌似房客的男女走了出来。七尾虽然没有干什么亏心事,但还是条件反射地收起了手机。他的任务已经完成了,应该尽快离开现场。他想起以前出任务时碰到过的业内人士曾说过一句话:"干了就跑。"这句话听着很寻常,但是内涵深刻,所以他印象很深。因为它也可以理解为完成任务后不要拖延时间,立即离开。

他感觉不能再错过这趟电梯,便拦下即将关闭的电梯门走了进去。等到了一楼再发消息也不迟。只要别发生到不了一楼的事情,问题就不大。

1914号房

"乾先生让我记下了很多东西,有合作对象的信息、财务信息、联系方式等。"

"哦?乾果然是个聪明人。"可可感叹道,"如果保留数据信息,万一被我这种专干码字行当的人入侵,就有泄露的风险。如果存在某个人的脑子里,那就无法轻易撬走了。"

"码字行当?"

"哦,意思就是敲键盘的行当。主要是操纵网络上的信息。"

"黑客?"纸野结花尚未说完,就被可可打断了。

"你别这么叫,我有点害羞。像我这种老太婆,不适合那么酷炫的称呼。总而言之,现在这个时代,电子数据容易被撬走和篡改,手写的反而更安全。最好是歪歪扭扭很难辨认的字迹。你是不是还记住了密码?"

"啊?"

"你就是因为知道了很重要的密码,才被乾追杀,不是吗?我没告诉你?"

"嗯,应该是。"

"应该?"

"我不太清楚哪个是密码。"

"不清楚?怎么会这样……莫非字符串很长?"

"是数量太多了。"纸野结花从未亲眼见过乾输入密码,只能说出自己的猜测,"好像都是回答你喜欢的颜色、你的小学叫什么这样的形式。"

"的确有那种。说不定还有你喜欢的密码是什么呢。"

"我记住了不少手写的一览表,数量很庞大。"

"原来是手写的啊。"可可了然地点点头。

"应该是从一览表里随机抽取几个问题。"

"随机？"

"乾先生说，不可能一次性回答好几百个问题，所以是随机抽取四五个。"

"因为不知道会抽取哪个问题，所以要全部记住，是吧？"

"一开始我觉得那些都不需要我来记忆，大可以拍成照片或是保存成视频。"

"那样太危险了，而且没有意义。"

"你也这么觉得吗？"

"当然了。一旦保存了密码，有心人就会转而窃取密码信息。就算拍成照片，也有可能泄露出去。如此一来，就永远摆脱不了被盗走或泄露的风险。毕竟凡是有记录，就伴随着风险。他能想到让你记下来，真是太聪明了。"

"乾先生让我记下来后，就把那张纸烧了。"

"真够彻底的。"

"全部写出来可能要花点时间，但是我应该能做到。"

纸野结花用目光询问可可是否需要，可可摆了摆手。"不要不要。拿着那种东西，只会被人盯上。正如大家都很想得到你的头脑。话说回来，你为什么跑了？"

"啊？"

"一直待在乾那里不是更安全吗？毕竟你要是出了什么事，他的密码就全丢了。"

"乾先生准备把信息卖给一个人，还向那个人保证，事成之后删除全部密码。这些话被我听见了。"

"删除全部密码，也就是……"可可说着，指了指纸野结花的脑袋。

"听他的意思,很显然是准备消除我的记忆。"

"但是记忆消除不掉吧。"

"只要我活着就消除不掉。"纸野结花皱着眉说。

"他用过你记下的密码,就不能更改吗?只要更改了密码,就不用消除你的记忆了。"

"我猜,密码是无法更改的。"

乾当时说的是"只能删除",想来应该是没有别的办法。

"所以你就跑了。"

"乾先生跟我在一起时,跟平时没什么两样。不过,最近的确有奇怪的事情发生。"

"奇怪的事情?"

"他总是跺脚,情绪很不稳定。"

"照你这么说,逃走的确是正确的做法。刚才我也说过,乾那个人,什么事都做得出来。"

这话让纸野结花想起了刚才听到的有关乾的"不好的传闻"。

她不禁想象出全裸的人体,乾手握利刃,用刀背像刮鱼鳞一样在人体的皮肤上剐蹭,自己则站在旁边的场景。她只觉得全身汗毛直竖,控制不住颤抖。

"你没想过去找警察求助吗?"

"乾先生在警方也有关系。而且他还帮政治家做了不少事。"

"哦,也对。我也知道几个找乾做事的人,甚至包括警方高层。我猜应该没有哪个议员不曾找过乾做事,不论大小,总归有过一些。"

"我实在是无处投靠,这一个星期都在四处漂泊,生怕见到乾先生请的人,我就完蛋了。等我回过神时,可可女士已经联系上我了。可可女士,你能帮帮我吗?"

"当然。"可可的回答让她万分释怀。"你以为我是谁?当然是来救你逃出生天的阿姨啊。放心吧,我会帮你过上不用再担惊受怕的生活。"

可可凑过去,拍了拍纸野结花的身体,帮她抚平因可怕的想象而惊惧的内心。

然后,可可拿出一台机器操作起来。"昨天我在电话里也说过,要你找找行李中是否暗藏了定位装置。现在为了保险起见,我还要亲自检查一遍你的东西。"

"好的。"说完,纸野结花转身走向自己放置行李箱的地方。

这时,可可在她背后说:"对了,还有一件事。"

"怎么了?"

"来这里之前,我在酒店里四处闲逛,打发了一会儿时间。"

纸野结花拖着行李箱走过来,不好意思地说:"其实你可以直接过来的。"

"没什么,我只是想先观察一下酒店的情况,比如前台工作人员的动态,还有酒店的房客。这里的二楼是餐厅区,三楼是宴会场,我假装自己是个好奇心旺盛的大婶,四处看了看。"

"怎么样?"

"没什么可疑之处,不过我看见一个名人走进了餐厅。"

"名人?"

"蓬长官。他以前是政治家,现在是情报局的长官。"

"哦,我知道他。"纸野结花点点头。她还想补充"当然知道",她怎么可能忘记呢。"那个人也在这里?"

"他去了餐厅。看来他当上情报局的长官后,会说出料理的味道是国家的重要情报这种话呢。"

"蓬先生在这里啊……"纸野结花知道自己的声音不受控制地拔高了几分。

"你是他的粉丝？"

"哦，那倒不是。"纸野结花否认之后就闭上了嘴。她觉得没必要说出来。不过，她感觉到可可在用目光催促她别隐瞒，便开口道："其实已经是十五年前的事了。你还记得那起发生在快速列车上的伤亡事件吗？"

"当然记得了，大家都知道。而且一看到蓬的脸，恐怕就会想起来。"

"是啊。"

"发生那件事后，我都有点担心小学生将来想要选择的职业会多出一个政治家了。"

"这不是好事吗。"纸野结花笑了，"不过，蓬先生当时真的很勇敢。车上的人都在逃窜，只有他跟秘书挺身而出。"

"说得好像你亲眼看见了一样。"

"我真的亲眼看见了。"

"啊？"

"在那辆列车上。"

"你当时在车上？"可可瞪大了眼睛。

"是的，我在列车上。当时我还是个初中生。"

"那可真是太巧了。"

残暴的凶手、伤者的惨叫，像倾倒的颜料般洒在地上的鲜血。踩在血泊上滑倒的公司职员，伸手护住自己、哀求"不要杀我"的女人，护着孩子的父亲。她记得最清楚的，就是凶手的脸。那个人表情狰狞地挥舞着利刃，口中大喊："我不这样做，人生就没救了！"那些场景鲜明地刻在纸野结花的脑中，她忘不掉,也习惯不了。

要怎么忘?

背后像是吹过了一阵冷风,她忍不住抖了抖。

"你真是太可怜了。应该说,你一直以来都好可怜,整个人生都是扭曲的。"

"照这么说,其实蓬先生的人生也挺扭曲的。"纸野结花忍不住说。快速列车上那起伤亡事件之后,蓬实笃成了国会议员。她感到很惊讶,同时也想支持他。"三年前他的妻子和孩子去世时,连我这个毫无关系的人都感到很震惊。"

"是被酒后驾驶的车辆撞到了吧。那件事确实挺惨的。这么说来,蓬的人生真的很悲惨,因为还有很多别的事情。"

"还有很多别的事情?"纸野结花一时理解不了她在说什么。

"有很多人看蓬长官不顺眼。最近我经常听说有人盯上了蓬的性命,还专门请了人对付他。"

"怎么能这样。"

"也许蓬也会到这座酒店来寻找一些活下去的动力呢,毕竟温顿皇宫酒店如此奢华,让人来了就不想死。"

"的确有可能。"纸野结花是真心这么想的。

"行了,不说那些。现在最重要的是解决你的事情。"

"哦,好的。"纸野结花也回过神来了。现在的确不是担心别人的时候。

她想象着自己被迫躺在手术台一样的床上,仰头看着乾,而乾一脸兴奋地拿起手术刀的情景。她连忙摇摇头,不再去想。

"哦对了。"可可似乎察觉到纸野结花的恐惧,语气轻快地说,"我还请了保镖哦。"

"保镖?"纸野结花环视房间,想不出她能把保镖藏在哪里。

"一个大婶在外面行走难免有危险嘛,所以我就联系了所有认识的业内人士。只可惜你的委托太急,我没多少喊人的时间。"

"不好意思。"

"不过喊一声也是有收获的,有两个还算值得信任的人站出来了。真好。"可可故作可爱地拍了拍手。

想到有两名保镖,纸野结花心中稍感放松,不过她也知道这世上最贵的就是人工。她有点担心自己给的报酬还不够支付保镖的费用,便没有犹豫,直接问了出来。

"没关系,我肯定不会强人所难的。那两位业内人士都不怎么在乎钱。"

真的有不在乎钱的业内人士?纸野结花感到疑惑。

"不过有一点很奇怪。"

"什么?"

"我请了保镖,那两个人却没联系我。"

六 车道

飞鸟正开着车,就听见后面传来江户的声音。"乾联系我了。"

"他会不会嫌我们动作太慢啊。"平安笑着说。

"我把通话开外放了。"江户说完,车里就响起了乾的声音,"你们到哪儿了?"他的语气还是那么轻佻。

"正在去酒店的路上。飞鸟,还有多久?"

"十分钟。"

"还有十分钟。十分钟后就能到达温顿皇宫酒店。你把纸野结花的房间号告诉我。"

"现在还不知道,你们自己查吧。"

"你这人说话还是那么不见外。"

"要是太见外了，说的话就会变长啊。而且还得想好到底要不要捧着对方。这样一点效率都没有。"

"酒店有二十层，每层十个房间。"

"你们有六个人，分头查会更快。"

"出入口有几个？"

"一楼正门，还有一楼东西方向各一个后门。另外就是地下停车场。客房无法直通停车场，只能先乘电梯到一楼，再换乘前往停车场的电梯。你看，应该没什么问题吧。"

发号施令的人可真轻松啊。镰仓烦躁地开口道："你凭什么觉得没问题？"

"地毯式搜索太浪费时间了。"

"那酒店的电梯应该只能按自己客房所在的楼层吧？"奈良问道。

"温顿皇宫酒店不是。每一层都能去。"乾回答。

"那岂不是能混进去偷偷找个房间住？"

"你别总想着贪小便宜。可能酒店不希望过于限制房客，想让他们有更好的居住体验，好下次再来光顾吧。"

"话说，你怎么知道那个女人住在温顿皇宫酒店？"

"多亏了我到处发传单找人。看来，真正有用的还是过去用的老办法啊。我把消息散播出去，让人们看见她就联系我，结果还真接到电话了。有出租车司机和比萨配送员，好几个呢。那些人看见她走进酒店了。"

"那姑娘真不走运。"

"我还在出入温顿皇宫酒店的业内人士中找到了愿意配合的人。"

"配合?"

"那个人负责维护都内各酒店的系统。他正好欠了一大笔债,愿意帮我干活儿赚点小钱,所以我经常找他。这次他也很痛快地答应我,让我使用酒店的监控系统了。"

"不愧是乾,把别人当成工具的男人。"飞鸟嘀咕道。

"你知道我费了多大的工夫树立形象吗?"乾笑着说,"你们抓住纸野后,马上联系我。打电话和发消息都可以。如果我没能及时回应,过后也一定会回复。还有……"

"还有什么?"

"把纸野结花毫发无损地带回来。"

"哎哟,"飞鸟笑了,"你可真会心疼人啊。"

"太不像你了。"镰仓也调侃道。

"简单来说,就是保证她的脑袋和嘴巴还能用吧。"江户猜测道。换言之,就是让那个女人交代一些重要的信息。

"嗯,差不多。"乾含糊地说,"最好别牵扯到其他房客。万一事情闹大了,我这边的生意不好做,而且你们也不希望引来警察吧。"

"什么生意?"江户问了一句,但乾没有回答,"知道了,只要脑袋和嘴巴还能用就行了吧。"

"别的身体部位也要保留哦。如果只有脑袋和嘴巴,那她要怎么动弹啊。"

听着乾的话,飞鸟想起江户曾经说过的事情。

"听说那家伙喜欢像宰鱼一样分解人体。之前我听他亲口说的。他可能觉得我会理解这种乐趣吧。谁能理解啊。我们只是喜欢看别人痛苦的样子,解剖一个全麻的人到底哪里好玩了?"

那种爱好真的好恶心。想到这里,飞鸟也有点受不了了。

二十楼

七尾走进电梯，按了一楼。

就这样，别出事。他紧盯着显示楼层的数字，内心默念着。不对，他也许不小心念出了声。等到了一楼，他要先给真莉亚发信息告知危险，然后穿过旋转门离开酒店，往车站方向走。这样就对了。没有什么复杂的程序，相信世界上绝大多数人都能顺利完成这个步骤。

他觉得电梯的速度实在太慢了。

"毕竟好事多磨啊，你得小心。"他脑中突然闪过这句话。

"好事多磨？按照我的经验，就算事情不顺利，或者压根没好事的时候，也有陷阱等着我。那我该怎么办？"

当时他们走在幽深的洞穴中。这不是比喻，而是真正的来到了一座山中的洞穴，需要在这里完成工作。跟他临时组队的代号为"头盔"的男人说："既然已经被命运厌弃到这个份儿上，那再怎么警惕也没用，干脆装出游刃有余的样子如何？比如来上一句：'呵，我就知道会这样。'如此一来，对方可能就会失去紧张感，从而改变主意了。"

"谁失去紧张感，谁改变主意啊？"

"应该是掌管人的幸运与不幸的某种力量吧。"头盔说完，似乎觉得自己的话有点无聊，又皱着眉说，"月来云遮，花开风起。"

"什么意思？"

"看见美丽的月亮升起，却被云朵遮挡；看见绚烂的樱花，却散落在风中。反正就是好事多磨的意思。瓢虫，你的生活就是时刻乌云密布，总是风骤雨急，不是吗？"

"还真是。"

"可以有两种思路看待。相信守得云开见月明,并且心怀期待;或是转而欣赏云和风。"

"我都不想要。"七尾说着,又继续道,"我只想问问分配幸运的那家伙到底是怎么做事的。"

头盔闻言笑了起来。

七尾突然想,那人的能力还不错,怎么后来就再也没听说过他了呢。之前曾听闻他结婚了,但是不知真假。如果是真的,七尾有点想知道头盔会是个怎样的丈夫,又是个怎样的父亲。

这时,七尾听见了电梯停下的声音。他祈祷着这就是一楼,抬头看向楼层数字,却是十一楼。

又来了?七尾叹了口气。这个酒店这么高级,电梯肯定也是新式的,速度不会太慢。一定是他对时间的感觉出了问题。

电梯门打开,一个瘦高男人走了进来。

七尾心中一惊,同时立刻迈步,跟那个人擦肩而过走出了电梯。因为开门的瞬间,他就意识到那个男人有点眼熟。个子很高,身材瘦削,头发打着卷,不知是天生的还是去理发店做的,很符合七尾刻板印象中音乐家的样子。他穿着蓝色的西装,没有打领带。

这人是谁?

七尾搜寻着记忆。工作上碰到的人,委托人或真莉亚的熟人,邻居——他挨个打开记忆的分类盒,很快就想起了一个叫"奏田"的人。大约三年前,他跟那个人一起做过任务。

奏田好像是擅长制作和处理爆炸物的业内人士。

"高良和奏田是一对搭档,大家管他们叫可乐和苏打[①]。"真

[①] "高良"与"奏田"在本书中发音为"kora"和"soda",与日语的可乐、苏打同音。

莉亚解释道。

"因为他们做的事跟爆炸物有关,所以才用会冒泡的碳酸饮料当代号吗?"七尾说出了自己的猜测,真莉亚不太感兴趣地说:"应该是吧。不过我听说,他们在业界的履历挺奇特的。"

"有多奇特?"这个业界到处都是履历奇特的人,七尾甚至觉得普通人更显奇特。

"他们本来在国外开了一家专门处理爆炸物的公司,应该叫创投公司吧。结果竟然非常值钱,被一家大型IT企业收购了。"

"处理爆炸物是怎么跟IT企业扯上关系的?我理解不了。"

"好像卖了好几百亿吧。"

"这么多?"

"是不是吓了一跳?我也好羡慕哦。当时高良才四十多岁,奏田三十出头。他们突然得到了一大笔钱,于是到处吃喝玩乐,买名表豪车,一副暴发户做派。不过,人闲得久了就会想工作,所以就开始在咱们这一行接单了。"

"哦。"

"人生真是多种多样啊。"

"那汽水二人组很厉害吗?"

"高良看起来挺利落的,像公司高管。奏田有点天真,或者说不谙世事,别人说什么他都信。因为他打扮得像个艺术家,周围的人都以为他心思深沉,其实根本不深沉。他们俩就是靠谱大哥高良和他的单纯小弟奏田。"

"单纯?"

"具体如何我不太清楚,反正他会二话不说地借钱给遇到困难的人,还会捐款救助患了重病的小孩子和处境艰难的动物。"

"都是好事啊。"

"连那些一眼假的东西都能骗到他,比如拯救得了花粉症的甲虫。"

"呃,那毕竟是传闻。"

大约三年前,七尾跟奏田一起做过任务。当时真莉亚对他说:"高良有事来不了,你跟奏田组队吧。"

"他不是很容易被骗吗。我害怕。"

"别担心,是个简单又安全的任务。"真莉亚一如往常地这样说。不过,那次的任务竟然真的简单又安全。

其实真正苦难又危险的事情,一般发生在完成任务之后。奏田去安装炸弹的时候,七尾需要独自打发一会儿时间。他刚好逛到附近正在举行的小庙会上,在路边摊买了几串烤鸡肉。回到车上正吃着,就见奏田回来了,一看见烤串就两眼发光地说:"工作结束后来点烤串最开心了。"七尾被他盯得没办法,只好给了他几串。

问题在于,那些烤鸡肉串根本没熟,里面有弯曲杆菌。那东西的潜伏期意外地长,直到五天后,七尾才出现了症状。

他被典型的食物中毒症状击倒,躺着休息了好几天。

过了一段时间,他听真莉亚提起"业内传闻",才知道奏田也因为食物中毒倒了大霉。

"他都食物中毒了,还不得不完成手头的工作,所以才会让事情变得那么严重。毕竟处理爆炸物需要很细致的操作。"

考虑到自己食物中毒那几天,几乎一半的时间都待在厕所,七尾不禁感叹坚持完成工作的奏田真是太伟大了。

"结果工作还是失败了。现场发生了意外爆炸,奏田身受重伤,委托人大发雷霆,高良左右为难。这件事有好多人在议论呢。"

"那我真是太对不起他了。"七尾没想到，自己不过是给了几串烤鸡肉，竟然导致了如此不幸的结局，"希望他不恨我吧。"

"那你只能祈祷了。"

现在，他竟然在电梯里碰到奏田了。

七尾很想感叹自己真是太倒霉了，不过很快又自我安慰起来，这种程度的倒霉他早已习惯了。再说，他看见奏田的第一时间就离开了电梯，这无疑是个明智的做法。

他只需要等奏田进去的那台电梯下楼就行了。现在姑且打发一点时间，再按电梯按钮就好。实在不行，还可以走逃生梯。

他决定顺着走廊朝西边走，刚要抬脚，不经意间往身后看，却发现早该关闭的电梯门竟敞开着。

奏田站在里面，目光紧盯着七尾。原来是他按着开门键，不让电梯门关闭。

奏田先是一副看见空中有不明飞行物，怀疑是否是外星飞碟的若有所思的表情。而在对上七尾目光的瞬间，他双眼一亮，猛地冲了出来。

七尾想逃跑，又担心动静闹得太大，会演变成大麻烦。"先等一下。"他抬手试图阻止奏田前进，但是对方并不听他的。

"先等一等，最好别闹出太大的动静。"七尾压低声音说，"反对暴力，有话好商量。"

奏田比七尾高，伸出修长的双臂就朝他的脖子抓。这阵势跟他在2010号房的遭遇一样。也许是他往日拧断了太多人的脖子，现在遭报应了。

七尾一个跳跃，猛踏旁边的墙壁，闪身到了奏田的后方。动作中，他的眼镜掉落在地，但是现在顾不了那么多。接着，他从背后按住奏田，抬手锁住了对方的脖子。之所以没有直接拧断，是担心尸体变多会引来更大的麻烦。

现在不能浪费时间,这里随时可能有人开门出来。于是,七尾拼命加重力道,直到把奏田勒晕了。

紧接着,他听见电梯到达的声音,连忙调整好奏田的姿势,架起了他。走出电梯的是一行五人。那帮二十几岁的男人有说有笑地经过,高兴地说:"待会儿见。""晚餐见。"然后分别进了前头的两个房间。

七尾看着他们,有点呆滞地想,能在都内屈指可数的高级酒店住宿,这帮年轻人可真有钱啊。

他吐出一口气,开始向前移动。脚下突然传来不妙的触感,接着是宛如手机屏幕被踩碎的声音。原来,他的手机掉在了地上,又被他踩了一脚。不用捡起来就知道,屏幕已经裂了。

纸野 1914号房

"那我该怎么办?"纸野结花问道,"该怎么做才好?"

可可像弹琴一样敲击着平板电脑,说道:"你还是先喝杯茶吧。"

她说得实在太淡定,纸野结花还以为只是个无聊的玩笑,不过看她的态度,好像是真心的。因为可可又说:"我背包里还有花草茶包,只需要加点开水就能喝了。洋甘菊和薰衣草的都有,随便拿。"接着又说,"你现在必须做的,是先让心情平静下来。"

喝茶哪能让我平静啊。不等纸野结花这样反驳,可可又抢先道:"包里还有小瓶的芳香油,你可以闻闻。当然了,这些也许无法让你放松下来。"她顿了顿,又说,"但是,你再怎么紧张也改变不了现状。既然没办法把脑子里的担忧和害怕赶出去,那就喝点热的，泡个澡，先把身体骗过去。如果什么都不能做，还可以尝试深呼吸。"

"深呼吸吗……"

"深呼吸或者拉伸，这两样的放松效果还挺好的哦。"

纸野结花站起身，从可可的背包里拿了花草茶包，开始用水壶烧水。

然后，她继续站着啜饮冲好的花草茶。

"我现在先连上这家酒店的监控系统，检查你的行动痕迹，然后尽量将那些痕迹消除掉。乾的人脉无处不在，说不定你会因为一点小疏忽就暴露了自己的位置。"

可可拿起放在桌上的平板，开始干码字的工作。不到十分钟，她就喃喃一声："连上了。"接着她又说，"这家酒店的监控系统版本很新，比较难搞，不过还是被我搞定了。我先把管理画面调出来吧。"

可可把平板转向纸野结花，屏幕上映出了许多个格子，每个格子都显示着不一样的画面。这是小卖部抓小偷时常见的场景。过了一段时间，分割画面的内容变了。

"这是每一层的走廊、电梯厅天花板、电梯内部、大堂和前台、正门周边，还有地下停车场。"可可像介绍风景名胜一样念出了设置监控摄像头的位置。"按这里可以切换。找到想看的部分后还能固定画面。"她又介绍了功能。

"这些都是实时的画面吗？"

"是实时的，不过也会进行录像。我准备顺着数据找到你抵达酒店时的录像。"可可拿过平板放在自己面前，继续操作起来，"你昨天大概几点入住的？"

"下午三点多。"

酒店刚开放入住，她就办了手续。而且她用的是大堂边上的自助系统，没有与工作人员接触。

"那我只要看看昨天下午三点前后的监控数据就行了。这里的数据是按小时分批保存的，我得一边播放一边确认，会花点时间，你稍微等等。我看你这几天最好一直住在这里，在此期间，我会帮你准备好住处和这段时间的生活费，另外再补上很多能够直接当成现金结算的点数，这样足够你生活一段时间了。"

"还可以这样的吗？"

"只要稍微修改一下数据，基本什么事都能做成。如果你想去知名的西点店工作，我还可以帮你伪造履历。"

"连履历也可以吗？"

"我可以在网络上给你制造一些履历，让任何人看了都想聘用你。只要招聘方会上网调查，我保准能拿捏住他们。"

真有这种好事？纸野结花心感疑惑，但是转念又想，也许这世界就是这样的。"那个，我不用换一张脸吗？"

"换脸？你是说整容？"

"重启人生不都要整容吗？"

她差点就要想象乾把自己的脸皮剥下来的场景，连忙打住了。不能想那种可怕的事情，因为一旦描绘了那样的场景，她就再也忘不掉了。

"靠化妆和假发就能改变一个人的形象了，监控摄像也基本能蒙混过去。所以，你现在不需要急着换脸。当然，如果你担心被人认出来，或是很可能碰到认识你的人，做整形手术是最有效的办法。这得看你自己是如何判断的。如果真的要做，我可以给你介绍地方。不过目前来看，整容的优先级还是比较低的。"

可可一边操作平板，一边敲打着键盘，整个人散发出平静的气息，让纸野结花忍不住想到在家叠衣服的母亲，这半个月来的紧张感一点点消退了。她只觉得全身放松，这才意识到原来自己一直绷着。于是，她揉了揉自己的肩膀。

纸野，你的肩膀好僵硬哦。

她想起乾有一次突然走过来揉她的肩膀。虽然突如其来的触碰让她吓了一跳，但乾本来就是个大大咧咧的人，所以她并没有感到不舒服，反倒觉得他的按摩技术还可以。

她说了声谢谢，乾却笑着说："其实我专门学过按摩和正骨呢，因为这样方便讨那些上了年纪的政治家和资本家的欢心。而且按摩也算亲密的肢体接触哦。"真不知道他是开玩笑，还是认真的。

她忍不住想象，如果乾喜欢解剖人体的传闻是真的，那他搞不好很熟悉人类的身体结构。

过了一会儿，可可开口道："我看到你了。昨天下午三点十八分，你被这层楼电梯厅的摄像头拍到了。应该是你入住之后乘电梯到达客房的那一段。"

纸野结花站起身，走到可可旁边。她看了一眼桌上的平板，发现那是从天花板的角度拍到的画面。她还以为监控摄像都是新闻上看到的那种黑白画面，没想到竟是很清晰的彩色画面。

画面中的人是她自己。平时她只能从镜中看看自己的正脸，现在从斜上方的角度看过去，让她觉得有些新奇。

这个人怎么混成这样了呢。

纸野结花看着自己，突然有种观察他人生活的感觉。

她一直都很认真地对待生活，但是被"记住的事情"和"忘不掉的事情"所牵绊，搞坏了身体，无法顺着常轨前进，只能跟着乾做一些见不得光的工作，最后变成了这样。

她本意不想做坏事,也从没懈怠过。

可她一个朋友都没有,每一天都过得毫无新意。她愿意接受这种几乎没有好事的人生,唯独不想遭遇不测。

她看着录像画面中的自己,忍不住心生同情。她很想对自己说:"加油啊。"

可可操作平板,录像开始播放。画面中的纸野结花经过走廊,消失在了视野尽头。

"然后你就进了这个房间,再也没出去,是吗?"

"是的。"

"那我现在就把文件删掉。"可可动了几下手指,突然"啊"了一声。

"怎么了?"

"这个。"她指着正在播放的录像。电梯厅出现了一个身穿酒店制服的男性。

"这个工作人员是从走廊那边过来的。你在路上碰到过他吗?"

她当然记得。纸野结花点了点头,她根本不知道如何遗忘。

"我从电梯里出来,走向房间的时候,跟这个人擦肩而过。他当时不知道被什么东西绊倒,摔了一跤,我还问他:'你没事吧?'我记得他胸前的名牌写着'田边'。"

可可把进度条拉回去重新播放。通过画面自然看不到他们在走廊上的交流,但可可仿佛能看见视野之外的画面,一直盯着屏幕不动。那服务生走到电梯厅时还在揉着腰,像是摔到了那个地方。

"除此之外,你们还说了什么?"

她当然没有忘记。"我问他:'请问1914号房在哪里?'因为我没看墙上的指示牌，不太确定有没有走对。"她顿了顿，又问："我是不是做得不对？"

纸野结花感到一阵眩晕。一方面是因为害怕，另一方面是在感叹，自己怎么会接二连三地倒霉。她没有招惹任何人，只是在认真工作而已。

可可沉默了一瞬，然后拍了拍纸野结花的肩膀。"嗯，我觉得没问题。你也别哭丧着脸，小心霉运以为你在召唤它，主动找上门来哦。多笑笑吧。"

纸野结花尝试挤出笑容，但是失败了。

🍃 二楼餐厅

"这是半熟三文鱼,还有法国鹅肝。请搭配昂蒂布的焖肉品尝。"身穿白色衬衫,系黑色领结,穿一件黑色马甲的服务生把餐盘一一摆在池尾充面前。

这里是温顿皇宫酒店二楼的法式餐厅。店铺的介绍文字中强调了"严选素材,融合法式料理与日式用心"。池尾身为记者,经常与采访对象共同进餐,但是坐在这么高级的法式餐厅里,他还是难以避免地感到紧张。更何况面前这位采访对象的身份也极其特殊。

"池尾先生三个月前就已经在政治部了?我好像没见过你。"面前的蓬长官开口道。

"啊,是的。我之前一直在体育领域做报道。"

"'新闻网络'的影响力很厉害,读者数量比以前的全国性报刊还多吧。"

"我也不太清楚。"池尾含糊地说。

事实上,他也能感觉到自己所在的网站"新闻网络"的影响力正在逐年扩大。现在跟以前的同事和老朋友聊天,他们的反应明显不一样了。

"如今大家都说只看网络新闻就足够了,导致纸刊的发行量不断下降。不过,网络新闻也容易存在掺假的弊端啊,所以我还是希望每一篇报道都经过深入的采访。不过看形势，确实很难想象纸媒还能继续占据主导地位。毕竟纸媒的传播速度明显不及网络。从这个意义上说，池尾先生那里的新闻网站的出现，可以说是造福了全体国民啊。我认为政治家应该多接受池尾先生的采访。"

蓬长官态度大方，平易近人，足以让池尾忘记自己正在跟情报机构的长官进行一对一的交流。而且这位长官一直坚持锻炼身体，体型丝毫不逊于曾经打过橄榄球的池尾，看起来结实健壮。而他脸上的表情极其生动，像个稚气未脱的青年。

"蓬先生过誉了。其实您第一次当选时，我也投了一票。"池尾抛出了事先准备好的第一个话题，"我老家是您的选区，那是我年满十八岁后的第一次投票。"

池尾早就打算好了，这是拉近二人关系的绝佳话题。

"哦，真的吗？"

果然，对方主动咬钩了。

"当时我很震惊。因为我有个同学经常乘坐出事的那趟列车。"

一名男子在都内的列车中持刀行凶，导致一名主妇当场死亡，另有一名带小孩的男性重伤不治，除此之外还有十几人受伤。当时四十岁的蓬实笃和小他一轮的秘书佐藤刚好也在那趟列车上。

藤实笃与佐藤联手制伏了凶手，但也因此受伤。

"如果没有蓬先生，恐怕还会有更多人受害。"

"当时佐藤重伤晕倒了，我一度打算放弃竞选呢。"蓬长官说完，往旁边看了一眼。他的秘书佐藤就坐在隔壁那张餐桌旁，也在品尝同样的料理。

池尾提议过三人可以同桌落座，不过那位戴着眼镜、看起来一本正经的佐藤秘书半开玩笑地说："我们两个都落座，恐怕会给池尾先生带来压力。再说，我一年到头总是对着蓬，早就看腻了。"然后他又笑着说，"本来他辞去议员之后，我还以为自己能解脱呢。"

十五年前那场伤亡事件之后，有人目击到蓬在得知重伤的佐藤终于苏醒时当场流下了眼泪。甚至有人恣意猜测二人的关系，写了一些故事在网上传播，让他们有了一定的知名度。

"成为政治家后，蓬先生果然没有辜负选民的期望。我曾经感慨，自己这票真是投对了。也因为这样，我后来就一直坚持投票。"

其实池尾只是心情好的时候会去投票，一般都不去。一是因为选举前后他都忙于记者工作，再就是觉得"有那么多人都不去投票，我去了反倒显得很蠢"。

"池尾先生今天约我来采访，是为了奉承我的吗？是不是佐藤偷偷请你来的？"蓬长官眯起眼睛，神情宛如一名高中生。

"当然不是了。"池尾连忙摆手否认。不过世人没有哪个不喜欢自己被奉承，政治家则更是如此。"蓬先生不是想改变一味关注老年人的政治方针吗？我觉得特别感动。"

"我之前提议将选举权限制在五十岁以下的人群，结果被臭骂了一顿。"

"确实有这件事呢。"

蓬长官笑得眼尾挤出了皱纹。"我不过是请他们试着想象一下五十岁之后自动丧失选举权的制度而已啊。他们立刻跳起来质问我视宪法为何物，问我到底知不知道普通选举、平等选举的意义何在，是不是想煽动代际分裂。不过最让我感到奇怪的是，竟然有老年人质问：'如果真的执行那种制度，不就等于舍弃老年人吗？'我觉得，说出那种话的人才是真正把老年人和年轻人想象成了敌对关系。其实年轻人也希望老年人能够过上幸福的生活啊。何况我只是请那些政治家试着去思考，如果处在一个只有五十岁以下的成年人才能投票的社会，他们会如何制定政策。我这么说，是为了让他们反思自己的选举行动，没想到竟然遭到了如此激烈的反对。"

"不过随着少子高龄化社会的发展，就算所有年轻人都去投票，也敌不过老年人的票数啊。"

蓬长官稍微压低声音说："可能就因为我说了这种话，才会被当成绊脚石。不只是人类，可能所有生物都有'在即将损失既得利益时会拼死反抗'的天性吧。"他苦笑了一下，"好在我后来辞职不当议员了。"

"您是想从另一个角度改变日本吗？"池尾问道。蓬长官只是摊了摊手，表示不想露底牌。

这时，服务生走过来，动作灵巧地端走了池尾用完的餐具。

㊅ 一楼

他们把车停在温顿皇宫酒店的地下停车场,下车后,镰仓先去了前台。他已经穿上了配送服务人员的制服外套,还戴着一副与之风格严重不合的眼镜,腋下夹着贴有快递单的纸箱。快递单上印着某大型网购公司的名称和地址,收件人的地址为温顿皇宫酒店,姓名是纸野结花。

其余五人各自在稍远处等待,通过耳麦进行沟通。耳麦有内置麦克风,不需要连接手机等终端就能发送和接收语音。

"镰仓,去吧镰仓。"平安戏谑地唱着,跟奈良一起站在大堂墙角处。二人穿着不同颜色的长裤西装,没有散发出一丝可疑的气息。最不容易让人起疑的就是西装了。而且西装有很多口袋,可以收纳吹箭。

一名身穿西装的男性员工守在前台,看见镰仓靠近,立刻露出营业式笑容,优雅地招呼道:"请问您有事吗?"

镰仓每见到一个人都会立刻做出价值判断,看对方的外表是否优于自己,对自己是否有利,该摆出强势还是恭敬的态度。这些已经是他的条件反射,完全不需要经过大脑思考。如果对方是女性,他还会做出能否拿下的判断。

还好我们长得好看——这是镰仓和飞鸟他们常说的话。虽然带有一些玩笑色彩,但也是发自内心的话语。应该说,镰仓其实把自己标志的五官、高大的身材和强悍的运动能力当成了实力,而非单纯的"幸运"。"我不需要怎么锻炼就很擅长体育,而且从小到大都有很多女孩子喜欢。那些长相普通、身体素质也很一般的人就算再怎么努力,也不可能比我好。这种优越感简直太棒了。

别人都是走路前进,而我则是坐车前进。搞得我都有点不好意思了。"

"你真觉得不好意思吗?"

"没有。我是上天选中的人,我能有什么办法呢?肯定是我上辈子积德行善了。"

镰仓和飞鸟经常这样聊天。

"我是来给这位客人送货的。请问她住在这里吗?"镰仓把纸箱放在了前台桌面上。

"请稍等。"这名员工看起来二十几岁,话音刚落就浅浅一笑,开始操作电脑。

此时镰仓已经开始瞧不起这名工作人员了。他认为对方没有任何威胁性,是个毫不重要的人。进一步说,从着装和长相看,这个人肯定方方面面都不如自己,今后也不可能有机会体验他所经历过的刺激,只能平庸地死去。想到这里,一阵快感涌上他的心头。

不一会儿,工作人员抬起了头。

"不好意思,纸野小姐不在这里。"

"嗯?她不在这里,意思是现在暂时不在吗,还是她根本没在这里订房?"

"她没在这里订房。"

"哦,这样啊。"

那应该是用假名开的房。

道谢之后，镰仓抱着纸箱离开了前台。刚才的对话已经通过耳麦传递给了其余成员。

"镰仓，你回车上换身衣服。"江户说。

"知道了。"他应了一声，走向电梯准备转移到地下停车场。

"那接下来轮到我了。"飞鸟也穿着一身西装。她不喜欢被别人记住真实样貌，便戴了一副眼镜。她盯上了前台边上的行李员，那人刚用大推车送了好几个行李箱，才走回来没多久。她快步走过去，对他说："不好意思，打扰一下。"

行李员挺直腰背，恭敬地应了一声："您说。"

"其实我在找我妹妹，她入住了这家酒店。"

飞鸟跟镰仓一样，也会评估他人的价值，看对方的外表是否优于自己，是否对自己有利，对方对自己的外貌持有什么印象，应该强势一些，还是温柔一些。

行李员头戴圆柱形帽子，穿着短外套，身材高瘦，体态端正，虽然看起来有二十多岁，但表情像是乖乖听老师话的小学生。

"真不好意思，我家里人给你们添麻烦了。妹妹她前不久离家出走，是她朋友告诉我她入住了这家酒店。可是我现在联系不上妹妹，担心她会给酒店添麻烦，就来给她送点钱。能不能麻烦你透露一下她的房间号，或者把她叫下来呢？"

说完，飞鸟拿出手机，给他看纸野结花的照片，说这就是她妹妹。

"您的情况我了解了，不过请您稍等片刻，我要确认一下。"

行李员可能有点同情她，微微颔首之后走进了前台。

"那个人看起来好死板哦。"飞鸟对着麦克风小声说道。

"飞鸟，跟你相比，任何人都很死板。"耳麦里传来战国的声音，飞鸟并没有理睬。

不知那个行李员会如何应对这个问题。她满怀期待地等了一会儿，就见行李员领着一个系领带的女人走了过来。

女人递过来的名片上写着"经理 原茜"。

"经理，原茜。"飞鸟念了出来，因为她要通过耳麦给同伴传递信息。

"听说您在找妹妹，能不能请您说说具体情况呢？"经理脸上挂着让人安心的笑容，但是态度不卑不亢，让飞鸟不禁感慨，真不愧是可靠的酒店经理啊。然后，她开始拿这个人跟自己比较。在五官和身材这些直观的部分，飞鸟占据了决定性的优势。也许根本不会有异性追求这个经理。飞鸟不禁暗笑，真可怜啊。

她把手机上的照片拿给经理看，并说出了自己刚才编造的假名。"我收到消息，说有人在你们酒店看到了我妹妹，所以才过来找她。可是我不知道她的房间号码。妹妹身上应该没带多少钱，恐怕付不起这么高级的酒店的房费。所以我想请你帮忙查查，妹妹是不是住在这里，具体的房号是什么。"

不得不说，这位经理果然老练。就见她一脸担忧地说："那的确很严重。"飞鸟很不喜欢她的表情，不得不强忍住揍她一顿的冲动。

"不过，本酒店不能随意透露客人信息，请您谅解。"经理抱歉地说。

"那我把妹妹的名字和我的电话号码留下，如果有消息了，能麻烦你通知我一声吗？"

经理立刻点头回答："我明白了。"然后拿出纸笔，递给了飞鸟。

飞鸟立刻给刚编出来的名字对应上汉字，写在了纸上，又留下自己的电话号码。接着，她再次拿起手机，让经理看了纸野结花的照片。

"我明白了。"经理再次回答，只是应该没有放在心上。飞鸟有点后悔，她失策了。早知道不该说"妹妹身上没多少钱"，而应该更危言耸听一些，说"妹妹有慢性病"或者"可能会打扰其他客人"，这样才能让经理更警惕，换来积极配合。

不过，现在补充这些要素过于牵强了。于是她道了谢，离开了前台。

"请等一等。"她走向休息区准备跟江户他们会合时，听见身后传来一个声音。是刚才那个行李员。

她以为自己暴露了，没想到行李员像英国皇家卫兵一样挺直了腰杆，先是看了看四周，再压低声音说："你妹妹应该住在这里。"飞鸟定睛一看，他胸前的名牌上印着"田边"二字。

她用表情示意田边说下去。

"昨天我给十九楼的客人送行李，返回的路上在走廊上摔了一跤。"行李员涨红了耳朵，很不好意思地说，"当时正好有个人从电梯厅的方向走过来，就是你照片上的那个人。她好心地问我有没有事，所以我记得很清楚。"

"真的吗！"飞鸟捂住嘴巴，仿佛见证了伟大的奇迹。

也许是她惊喜的表情过于好看，行李员微微红了脸。在飞鸟看来，别人，尤其是男人看见她的脸会发木，已经是很常见的事情了。

行李员连忙补充道："酒店做的是客人生意，所以对个人信息的管理比较严格，有时候不太容易变通。不过，我看您不像是坏人，您就当作我个人提供的信息吧。"

"太谢谢你了。"飞鸟并不清楚是不是真的会有人高兴得跳起来,但她还是做了那个动作。然后,她双手合十,朝行李员拜了两下,心里念叨着你是我的救赎天使,是守护神、白马王子,并做出了相应的表情。

如她所料,行李员被她看得飘飘然,邀功似的说:"你妹妹住在1914号房。她当时问我房间在哪里,说出来的房间号正好是第一次世界大战爆发的年份,所以我就记住了。"

飞鸟继续努力让眼眶湿润起来。她本来还有点担心这样太夸张了,会遭人怀疑,结果并没有。

"希望能帮到你。"

这个行李员竟然如此好心,被她稍微刺激一下就说出了这么重要的信息。飞鸟不得不拼命忍住想笑的冲动。

她目送着行李员像盖世英雄一样昂首挺胸地离开,小声对耳麦说:"听见了吗?"

"1914号房。""行李员之光。""江户先生,接下来怎么办?先确定分工吧。""竟然是一战开始的年份呢。"

布 两天前，别的酒店

　　枕头与毛毯完成了"好孩子4 1 5"房的工作后，使用东京维瓦尔第酒店内部的清洁员专用电梯下到地下一层，走进了停车场。她们推着布草车来到停车场深处的大型货车旁，把尸体搬了进去。这辆车的侧面还印着并不存在的清洁公司的名称和标志。

　　回顾干这份工作之前她们被迫干过的那些事情，可以总结如下：

　　枕头和毛毯在高中时代都很刻苦地训练篮球。一年级时，正如她们感叹的那般，二人埋头苦练了许久，拼命磨炼防守技巧和三分球，但还是很难得到出场比赛的机会。枕头每次都抱怨个不停，毛毯则一味地应着："确实啊。"尽管如此，她们还是没有放弃，一直坚持到了最后一个学年，不知不觉就毕业了。

　　枕头想成为酒店工作人员，毛毯想成为系统工程师，所以各自去上了不同的职业学校，关系开始疏远。不过二人在找到工作后碰巧同乘了一趟地铁，还是相邻的座位。

　　久别重逢的二人特别高兴，直接下了地铁走进附近的居酒屋，然后发现彼此都是喝不了酒的人，于是笑着拌嘴："那刚才怎么不去咖啡厅呢。"就这样，二人又找到了一个共同点。待她们得知双方的父母已在不同时期去世，除了远亲之外已经没有家人后，更是感到彼此亲切了许多。

"你快听我抱怨几句吧。"枕头还是跟高中时代一样。

"我不太喜欢听,不过你说吧。"

"之前我那个商业酒店的前辈被另一个同事笑话了,说她从来没有谈过恋爱。"

"还真有那种人啊。"

"她们凭什么笑话这个啊?我也没谈过恋爱,但那不是什么伤天害理的事情吧?我只是在过正常的生活而已,她们凭什么说的好像犯罪一样,还用奇怪的眼神看别人?只是没谈过恋爱而已,又不是这辈子从来没吃过雪糕。"

"那些人可能觉得,这么好的事情,你怎么没尝试过吧。虽然我也没谈过恋爱。可是,那又如何?难道没谈过恋爱就代表不受异性的欢迎,那样就很丢脸吗?"

"谁能一口断定没谈过恋爱就代表没有吸引力啊。我甚至觉得,那些正在谈恋爱的人是否有魅力都难说,也许她们只是放得开呢?说到底,还不是精通恋爱技巧的人能顺利谈恋爱。可你猜怎么着?那个没谈过恋爱的前辈竟然很羞愧,我真搞不懂她怎么会有那种反应。于是我说我也没谈过恋爱,刚才调侃前辈的那些同事就也用好奇的目光看我了。"

"我也有过类似的经历。"

"上高中时,有些同学跟大学生谈了恋爱,就在学校里得意扬扬,走路带风。"

"应该没有走路带风吧。"

"不过为什么会有谈了恋爱人生才圆满的思想啊。万一碰到个会打女人的男朋友怎么办?为什么好像每个人都渴望自己受欢迎呢。"

"你问我,我问谁啊。"

"其实仔细想想,这对那些年纪大的男人其实挺有好处的。"

"什么好处?"

"如果没有谈过恋爱会被嘲笑,一些年纪小的女生就会迫不及待地想谈恋爱。这时候,年纪大的男人就可以趁虚而入,用自己的经验去诱惑她们上钩。哦,我明白了。人类作为动物,也有很强的繁衍本能,所以才会这样吧。又或者这是一种洗脑思想,为的是催促女性不停地谈恋爱,好多生些孩子。"

"我觉得应该是资本主义。"

"啊?"意料之外的答案让枕头愣怔了片刻。

"我觉得人类是会努力爬到别人头上的生物。而利用这一点,助长这种本能的,就是资本主义。比如漂亮的衣服,豪华的房子,让人一见倾心的外表,还有身高、胸围、等等与之相关的商品和服务都会制造出优越感和劣等感的落差。所以,被人嘲笑没有谈过恋爱,归根结底也是资本主义搞的鬼。是为了催促人们躁动起来,花更多的钱。"

"资本主义还能这样?"枕头认真地反问过后,又说,"不过啊,要是所有人都说'我这辈子这样就可以了',说不定商家就只能卖出必需品了。"

"我本来就没有什么想要的东西。"

"我也是。"

"不过现在也发生了变化。很多人已经开始在打扮自己以外的地方花钱了,比如购买动画片周边,还有游戏。"

走出居酒屋,回到车站时,发生了那件事。

她们走在站台上,突然有个男人从后面撞倒了枕头。枕头失去平衡,狠狠地摔了出去,那人却毫不在意,径自走远了。

"他搞什么啊。"毛毯气坏了,确认枕头没有受伤后,立刻追了上去。枕头也跟在了后面。

那人看着年龄不详，不过体格很好，在深夜里有点拥挤的站台上横冲直撞，碰倒了不少人。

"他好像一直在针对比自己个子矮的人呢。"一路小跑的枕头说。

"而且还故意让人分不清是故意撞上还是不小心的，太狡猾了。"

被撞倒的人先是惊讶，然后生气，正要张嘴斥责，却见那人已经若无其事地走远了，只能独自站在原地生闷气。

结果枕头和毛毯没能追上那个人，一会儿就跟丢了。

几天后，毛毯偶然间看到一条网络新闻，顿时吓了一跳。竟有一名女性在车站楼梯上丧命了。原来是不知何人撞倒了一名孕妇，而孕妇旁边的中年女性试图扶住摇摇欲坠的她，却让自己失去平衡，最后滚下了楼梯。

很快，毛毯就接到了枕头的电话。"就是那个横冲直撞的男人。虽然监控录像打了码，但我可以肯定。而且事发地点离我们上次的车站很近。"

"确实是。"

"这得判多久啊？"

"啊？"

"就算那个男的被抓住了，他撞的也是孕妇，虽然死者是被他的行为连累的，但他要是坚称跟自己没有直接关系怎么办？"

"他也许真的会这样说。"

"是吧。"

"而且能不能抓到他也是个问题。"

"唉，真的好讨厌。"

又过了一段时日，那个横冲直撞的男人再次成为二人的话题。而那一天，恰好是她们的人生被强行改变了方向的日子。

那天晚上十点多，毛毯待在家里，枕头则在自己工作的酒店里。先是枕头打了毛毯的手机。

"我找到他了。因为实在太生气，我就把他干掉了。"

毛毯一开始没听懂枕头的话，第一反应是想起了恺撒向大军传达胜利消息的信件——我来，我见，我征服。

听了解释才知道，原来是那个男人竟然入住了枕头工作的酒店。

"当时他是从后面撞上来的，你应该不知道他的长相吧。"毛毯说。

枕头恼怒地答道："是他自己主动炫耀的。"

"他自己说的？"

"我在走廊上碰到他，忍不住问了一句。"

"你就直接问他是不是那个横冲直撞的人？"

"结果他非但没有否认，还很干脆地承认了，甚至炫耀自己害死了人。我说要报警，他笑着说，就算抓住了也为难不了他。"

"应该不至于一点都为难不了吧。"

"我当时就特别生气，无法原谅他。"

太生气了，就把他干掉了——毛毯想起了她刚才说的话。"你干什么了？"

"我晚上用万能钥匙偷偷进了他的房间。"

"太危险了吧。"

"等我反应过来时，已经用枕头死死捂住了他的脑袋。"

毛毯倒吸了一口气，只觉得胸口一紧。她不是对枕头的行为产生了恐惧，而是忍不住同情这个做出了可怕行为的女人。

她不希望枕头做那种事。"太危险了。"毛毯又说。

"他醒过来，挣扎了一下，还打到我了。"

"真的？你没事吧？"

"嗯。他根本不知道我防守过多少比自己高大得多的对手，也不知道我有多擅长运球穿越对方防线。所以说，他还是太轻敌了。"

"你在哪里？"

"那家伙的房间。"

这时毛毯已经基本弄清了情况。枕头能在那个男人的房间跟自己通话，意味着那个人已经不再是威胁。换言之，就是对方伤害她的风险为零。

"我现在过去。"毛毯说完，跑出了家门。

从那以后，枕头和毛毯就一脚踏入了充满血腥暴力的世界，再也回不到从前的生活。

她们坐进印着清洁公司名称的货车，毛毯刚发动引擎，枕头的手机就响了。"真是说曹操曹操就到，是乾打来的。"

毛毯点点头。进415号房干活前，她们确实提到过乾。

枕头接通电话打开扬声器，车里响起了带着几分轻浮的爽朗声音："那什么，我有活儿找你们干。"

"你知道我们已经不是你的下线了吧。"

"当然知道。相信二位也知道，我是你们的恩人吧。"乾笑着说。

"之前已经跟你明说过，我们干够了报恩的活儿。"

枕头和毛毯为乾干了不少活儿，不过都不怎么惊险，也不太难。

她们对此没有意见，只是在听到那个传闻后，想跟他保持距离。

传闻，乾很喜欢解剖人体。

他不知从哪里弄来一些人，打了全麻迷晕之后进行解剖。这么做不是为了得到什么，而是因为"很好玩儿"。她们还听说，乾喜欢像宰鱼一样分解人体。毛毯和枕头一致认为："等到被解剖的时候，后悔也来不及了。""君子不立危墙之下。""这种人最好别去招惹。""未雨绸缪。"于是决定远离乾。

"这次不是派任务，而是委托。我这里有个急活儿。"

"你要找个女人？"毛毯抢先一步问道。

"帮我去一趟温顿皇宫酒店。"乾说。

1121号房

"瓢虫，你误会了。我记恨你？怎么可能。我感谢你还来不及呢。"

奏田坐在沙发上，唉声叹气地说着。七尾坐在他对面，一直紧绷着身体，防止他突然扑上来。

刚才七尾看着晕倒在走廊上的奏田，正发愁该怎么办，没想到从奏田的口袋里翻出了一张房卡。他试着一扇扇门刷过去，刷到第二间，也就是1121号房，就有了反应。

他把奏田拖进房间，放到了沙发上。

做完这些后，他本来打算直接离开，但是为了保险，决定先把奏田捆起来，于是开始在房间里寻找能当绳子的东西。还没找到呢，奏田先醒了。七尾啧了一声，迅速扑了过去。

未等他出手，奏田连忙喊道："停停停，你怎么了？好吓人哦。"接着,奏田表情扭曲,用左手抓住了自己的右脚,直喊"好痛"。可能是刚才扭到脚了,不过七尾并未发现。

"没伤到骨头吧?"七尾问了一句。

奏田皱着眉说:"不清楚。如果这是足球赛,说不定能换个点球呢。"

"如果是在禁区内。"

"应该算在吧。不过我真的吓了一跳,没想到你这瓢虫这么暴力。"

"谁叫你突然袭击我了。难道不是想杀了我吗?"

"我?为什么?我跟你又没有仇,甚至应该反过来。"

像七尾这样的业内人士在陷入困境的时候,最先考虑的就是让对方大意,然后趁机反击。所以,他看到奏田那一脸松懈的表情,只觉得表演成分太重了。"反过来?弯曲菌还能反过来?"

"我一开始确实挺恨你的。"

"我又不是故意的。我真没想到烤串没熟。后来听说严重影响你工作了。"

"我本来以为肚子要爆炸了,没想到炸弹先爆炸了。"奏田侧过头,露出了背部的烧伤痕迹,"直接把我炸进了医院,还被高良哥臭骂了一顿。"

七尾想起他在网上查过,弯曲菌导致的食物中毒在第二次之后很可能诱发吉兰·巴雷综合征[①]。

"疗养了一段时间后,身体总算恢复了。而在那段时间里,我想了很多。用高良哥的话说,就是自省。"

"那不算是谁的话吧。"

[①] 又称脱髓鞘多发性神经炎,是一种因免疫系统损害周边神经系统,引起急性、发炎性、脱髓鞘性、多发性神经根神经炎,进而导致急性肌肉瘫痪的疾病。

"疗养期间，我第一次认真看书了。看了好几本分类为自我启发的书，有一本书叫《走我自己的路》，还有一本书叫《为他人而活》，我两本都看了，心里矛盾得很，不过后来又想通了。我只需要走自己的路，同时为他人而活就行啦。"

"如果你能做到的话。"

"你知道我和高良哥很有钱吧？"

"我听真莉亚说过。不过现在应该很少有人会自称有钱吧。"

"毕竟我和高良哥都是暴发户嘛。正牌有钱人不会到处炫富，甚至从来不觉得自己是有钱人。而我们都是突然变有钱的。"

"你对自己的定位倒是很客观。"

"成为暴发户后，我意识到一件事——有钱到一定程度，就找不到用钱的地方了。"

"我也很想说出这句话，所以一直在练习。"

"我们买了好多名表、豪车和昂贵的球鞋，但是并没有多少满足感。你知道吗？一个人出门顶多两只手各戴一块表，脚上只能穿一双鞋，车子也只能开一辆。所以，那些东西拥有再多都没有意义。我有钱了，买了好多自己喜欢的东西，却没有机会使用。"

"你两只手都戴表吗？"

奏田笑了。"现在已经不那样了，总感觉时间在以两倍的速度流逝。"他翻开袖子，就见左手腕上戴着一块长方形的手表。奏田喜滋滋地说："我很喜欢这个表盘上的数字设计。"

"我就不问你多少钱了。"

"这是定制的，价格也很美丽哦。"

"你就没看过《贵表要送人》这本书吗？"

"应该没看过。"奏田认真地回答，"我一有了帮助他人的想法，工作起来突然特别积极。所以我现在还挺感谢让我有机会沉下心来思考的那些烤串，还有请我吃烤串的你。"

"你刚才不是还要上来掐我脖子吗，这就是你说的为别人而活？"

"我只是想向你道谢啊。"奏田露出了受伤的表情。

"我看着不像。"

"可能是我没想到会在这里碰到你，所以有点兴奋了。就像小孩子一高兴起来就会有奇怪的举动。高良哥也总说我像个孩子一样。而且我还有工作，正赶时间呢，所以想着快点跟你说声谢谢。"

"工作？你在这里有工作？"

话音刚落，七尾突然想起了一件很重要的事情。

真莉亚。

得马上告诉她剧场有人在埋伏。不过，她在这一行浸淫多年，虽然做的是"中介这种轻松活儿"，但对危险的感知能力应该比一般人更强，就算真的遭到攻击，也有能力避开。

然而，七尾对真莉亚的实力没什么信心。那个人总把干活儿的事推给别人，自己到处潇洒，遇到突然袭击真的能应付吗？

他得把危险正在逼近的事情告诉真莉亚。

可是，他的手机坏了。焦躁让七尾忍不住抖起了腿。

"糟糕，高良哥要骂我了。"奏田皱了皱眉，但马上说，"哦，对了。瓢虫，你能帮我办件事吗？"

"办什么事？"

"我想去高良哥的房间。其实本来的安排是在这里等高良哥联系我，可是他一直都没联系，也不接电话、不回消息，所以我想让你帮我去看看那边是个什么情况。"

"你怎么不自己去?"

奏田遗憾地指了指脚踝。"我痛得走不动了。"

"真的?"

"我有预感,肯定要被高良哥骂了。他平时很守时的,现在没有按时联系我,说不定是出了什么问题。要是他出了问题,我也就麻烦了。如果我因为扭到脚无法行动,他一定会很生气。"

"我也不想挨骂。害你受伤是我的错,但我很忙。"

"而且最近不是还有关于业内杀手的传闻吗?我真的很担心高良哥。"

"业内杀手?"

"瓢虫,你还是多关心一下行业内的情况吧。"

"我尽量。"

"有好几个业内人士被杀了,而且都被卸掉了两条胳膊。"

七尾扭头看了看自己的右肩和左肩。

"听高良哥说,那个业内杀手以前也出现过。他都是先把目标的胳膊卸掉,然后活活将对方打死。真是太恶趣味了,怎么能那样虐待没有反抗能力的人呢。"

"你的意思是,以前的那个业内杀手又出山了?"

"我也不太清楚究竟是同一个人,还是他的继承者。"

"这不就跟时装潮流一样吗?是个圈。"七尾顾左右而言他,准备伺机离开。接着,他转过身,朝房门口迈开了步子。

没走几步,他就注意到了旁边的行李箱。本来以为只是一些杂乱的衣物,细看之下还有许多五颜六色的小玩意。他匆匆扫了一眼,心生疑惑,又看了过去。

"那些都是护身符。"身后的奏田显然猜到了七尾在看什么,"有一本自我启发的书上说,可以试试信仰神佛。不过另一本书上又说，不能什么事都靠求神拜佛。"

"学到了。"

"后来我就喜欢上参拜神社和寺庙了。每去一个地方，我都会收集那里的护身符和神符。这可是光花钱买不到的东西，因为都是我亲自上门请的。"

行李箱里放满了大小各异，但是大同小异的护身符，估计有神社的，也有寺庙的。里面还有不少神符。"这都是你买来的？"

"瓢虫，护身符可不能说买卖哦，要说赐和请。"

"呃，这些东西不会相冲吗？"

"相冲？"

"你有那么多不同地方的护身符，它们之间不会打架，或者互相影响吗？"

"神佛怎么会打架呢。护身符很好，看它的名字就觉得自己被保护了。而且护身符跟手表和球鞋不一样，每次出门都能带很多。"

"原来如此。"七尾不理解，但是应了一声。

"瓢虫，你知道可可吗？"

"可可？"什么可可？

"一个搞黑客的大妈，也有人叫她跑路专家。"

七尾只记得查理·帕克[1]有一首原创曲子叫《可可》，那是不是还有唐娜·李啊？再算上桑尼·罗林斯[2]的原创曲目，说不定还有奥莱奥呢。

---

[1]查理·帕克（Charles Christopher Parker, 1920—1955），美国乐手，外号"大鸟"（Yardbird），是爵士乐史上最具才气的中音萨克斯风手。下文中提到的《可可》（*Ko-Ko*）和《唐娜·李》（*Donna Lee*）都是查理·帕克的爵士乐曲目。
[2]桑尼·罗林斯（Sonny Rollins, 1930—），美国爵士乐次中音萨克斯风手。下文提到的《奥莱奥》（*Oleo*）是他于一九五四年发表的硬波普爵士乐曲目。

"可可现在就在这家酒店里，忙着帮别人跑路呢。高良哥和我是被她雇来当保镖的。"

"保镖？你们不是专门搞爆炸物的吗？"七尾指着奏田说。

"可可昨天临时发的招募启事，而且报酬不太多，没几个业内人士愿意接这种不赚钱的急单。我们正好有工作被取消了，闲着没事做，又不是那种在乎钱的人。想着只是当保镖而已，肯定能行，毕竟我们比一般人强多了，而且不是自夸，在业内也算是比较出类拔萃的。既然可可有需要，就帮一把呗。"

"你不是有穿不完的球鞋吗？"

"你说的没错。"奏田认真地点点头，指着自己脚上的球鞋。虽然穿西装配高帮球鞋有点不搭调，不过他应该是为了追求机动性。那双鞋是我从来没见过的设计，估计是很高级的限量版。"这可是限量版哦。不过先不说球鞋了。我和高良哥昨天就住进了这家酒店。"

"你们还提前住进来了？"

"提前住进来可以熟悉现场，而且自己订个房间也方便应对紧急情况，还能放行李呢。"

"你钱多得花不完，不如给我买部手机吧。"

"你没有手机吗？"

"刚才弄坏了。"七尾说着，掏出了那部已经无法开机的手机。

"坏得真彻底，用东西得爱惜啊。"

你以为是谁害的——七尾很想这么说，但是忍住了，因为责怪奏田没有好处。"反正我都是用完就扔的，也没什么重要资料保存在里面，就是现在联系不上真莉亚了。"

他看了一眼时间，再过一个小时，真莉亚要看的戏就开场了。想到她坐在观众席上，可能会被旁边的人用某种武器瞬间夺走性命，七尾就觉得胸闷。

"我的手机借给你用用？"

"不用了，我记不住她的号码。"电话号码和邮箱地址都存在坏掉的手机里，七尾一个都没记住。就算上网搜索，肯定也是找不到的。

最有效的办法应该是在开场前直接找到她。换言之，他得尽快离开酒店。

他急得根本坐不住，但是也不停地安慰自己，只要保持冷静就不会有事的。想离开酒店不难。这里的房客不都能轻松离开吗？现在不能让事情变得更复杂，只要跟奏田维持好表面关系，然后离开就行了。至于他根本没办法在新干线的车站下车这件事，就不要去想了。

"刚才说到哪儿了来着，高良先生一直没有联系你？"七尾先把话题引了回去。

"可可那边一直是高良哥在接洽，我一个人什么都办不成。现在联系不上高良哥，我就想去他住的2010号房看看。结果半路上见到你了。"

"呃，几号房？"七尾之所以问，是希望自己听错了。"2010号房啊。"在奏田重复一遍之后，他已经不再惊讶了。

他去过2010号房。但是，他不能说。当然更不可能说，他把2010号房跟2016号房搞错了，还不小心害死了里面的人。

那人一动手就是冲着七尾的脖子来，显然不是普通人。现在证实了，他果然是业内人士。话说回来，他手上也戴着跟奏田那块差不多的高级腕表。

"你能帮我去看看吗？"奏田又说。

七尾摇了摇头。

"啊，弄错了。"

"什么弄错了？"

"自我启发的书上也写了如何推动他人做事。不能说你帮我做，而要说你不要做，这样效果会更好。"

"哦。"

"所以瓢虫，你可千万别去2010号房。"

"哦，这样啊。我知道了，保证不去。"

奏田闻言，困惑地歪了歪头。

"行了，我答应你，去还不行吗。"

"真的吗？"奏田的表情一下子亮了起来。

"嗯，我帮你去2010号房看看，然后就听高良的指示，对吗？"

他当然不打算去2010号房，所以，他在心里不停地默念"这是善意的谎言"，压制住源源不绝的罪恶感。

他只想尽快离开这里。走出房间，离开酒店，这就是七尾此刻最大的心愿。

他要阻止真莉亚踏进剧场，但更重要的是，他开始感觉这家酒店有点不太吉利，必须尽快脱身。

"那太好了。你只要跟高良哥说，你是代替我去打听情况的。完事后你立刻联系我，告诉我怎么回事就行了。"

奏田似乎已经忘记七尾的手机坏了。这样正好。"只要我能顾得过来，一定联系你。"

"谢谢。瓢虫你真是好人。"

"你过奖了。"

"之前有座寺庙的住持告诉我，世上存在着幸运与不幸。"

"我还以为只有不幸呢。"

"要抓住幸运其实很难，但是失去很简单。只需要变成一个不知感恩的人就行了。所有不知感恩的人，都会被幸运厌弃。"

"我记下了。"

七尾强忍住拔腿就跑的冲动，故意慢悠悠地走出了房间。出门之后，他立刻加快了脚步。

纸野 1914号房

可可用指尖敲击着圆桌上的平板，不停地删除纸野结花进入酒店后的监控录像数据。她说："全部删掉必然会引起怀疑。"所以需要有选择地删除。她还说时间很充裕，可以慢慢来。纸野结花便坐在旁边看着她工作。

过了一会儿，可可"咦"了一声。纸野结花站起来，不知她为何会发出那种声音。

"怎么了吗？"

"事情可能有点不妙。""不妙？""我见到熟人了。""你认识的人？"

"希望只是巧合吧。"

可可转过平板，让纸野结花自己看屏幕。"我正在检查监控摄像头拍摄到的画面。这是大堂天花板上的摄像头，不过不是录像，而是实时画面。"

两名身穿西装的女人站在靠近大堂的墙边，一个人长得娇小，另一个人则又高又壮。

"你认识这两个人吗？"

"这里只有两个人，其他地方可能还有同伙。因为他们一共有六个人，你现在看到的是奈良和平安。高的是奈良，你就记着她跟奈良大佛一样高大就行了。"

这对可以记住一切事情的纸野结花来说,不过是多余的信息。"她们是什么团伙?"

"吹东西的。"

"吹东西?管乐器吗?"

"吹箭。像这样。"可可右手蜷成筒状,放在嘴边吹了口气,"圆筒里放着箭,或者说像钢针一样的武器,然后吹气射出。用的应该是自制的圆筒,威力特别大,瞬间就能刺穿目标的脖子或脸。"

纸野结花条件反射地摸了摸脖子,似乎想挡住吹箭。

"而且他们的箭有好几种,有可以致人昏睡的,有可以让人暴毙的。也许他们会说,能让客人体验到各种口味。"

"让人暴毙?"纸野结花没想到,可可轻飘飘的一句话,竟然会如此吓人。

"他们这主意真不错啊。"

"什么主意?"

"在日本不好随身携带枪支,刀具又有需要近身的限制。与之相比,吹箭的体积很小,容易隐藏,而且随手就能丢弃。"

"可可女士,你见过他们吗?刚才你说那两位是熟人?"

"我跟他们一起做过任务,不过就一次。仅仅一次,我就被恶心得不行,想想都讨厌。"

"你身体不舒服吗?"

可可摇摇头。"不对,是厌恶,还有罪恶感。那六个人个个长相俊美,算是世人眼中的俊男美女。现在这个时代,用外表判断一个人可能会遭到斥责,不过啊,他们好像因为俊美的外表,就把自己当成了特权阶级。不过老实说,长得好看的确是优势。

而且，那六个人还特别瞧不起别人，搞不好把别人都当成了虫豸。"

"怎么会这样。"纸野结花笑了笑，以为她只是在打趣，但可可的语气很认真。

"他们十分热衷于折磨别人，甚至以此取乐，就像小孩子拔昆虫的翅膀或腿脚玩耍。"

纸野结花试着想象一群用吹箭的人，但是没能成功。

"那次跟他们一起出任务，简直是太糟糕了。那帮人很吵闹，像一群大学生喝酒聚会，玩闹似的用吹箭伤人，还故意延长目标痛苦的时间。实在是太恶心了，让我感觉跟他们待在一起，连我都要遭天谴了。所以那天我急急忙忙地离开了。世界上竟然会有那种人，真是想想都难受，还是六个人聚在一起。"

"这么夸张的吗……"

纸野结花双手按着头。她有点难以接受，竟然有人以他人的痛苦为乐。与此同时，她也忍不住去想乾那些可怕的故事。二者都视"他人的不幸"为与自己无关的东西，甚至还把它当成自己的快乐源泉。

"那些……那些人出现在这家酒店的大堂，是跟我有关系吗？"

"不好说啊。乾正在到处寻找你，自然有可能委托那六个人做事。而且乾人脉甚广，说不定真的从哪里得到了你的行踪信息。唉，你也别那么害怕，总之我们先离开这里吧。"

"啊？"

"虽然我刚才说要你在这里住一段时间，但是现在情况有变，不能坐着不动了。假如那六个人是冲着你来的，情况就会非常糟糕。我们必须抢先一步行动。你知道现在我们唯一的优势是什么吗?"

"是什么?"

"我们已经知道那六个人来了。他们还不知道这一点,恐怕以为你还在酒店里享受生活呢。"

纸野结花认真地点了点头。她心想,在到处都是房客和工作人员的酒店内部,吹箭应该是很合适的武器。

㊅ 一楼

纸野结花住在1914号房。得知这个信息后,六人开了个会。所有人一起行动太过惹眼,所以他们分散在不同的地方,通过耳机进行交流。镰仓回到地下停车场的SUV上,脱掉快递员的制服,换上了西装。

江户首先说,他们六人不必全部前往那个房间,因为成群结队的行动太引人注目了。

"纸野结花不是普通人吗?而且她根本不知道我们来了,我一个人去就行。"飞鸟说,"说不定我只要按一下门铃,她就会探出头来问:'有什么事吗?'"

"她至少知道自己正在逃跑,有可能十分警惕,根本不开门。"

"平安就是太爱操心了。"

"我只是擅长走一步想三步而已。"

"对了,江户先生,你把那个带来了对吧?"飞鸟问道,"破门的东西。"

镰仓自然知道她在说什么。那是专门针对刷卡式门锁的开锁工具,能够通过特殊磁场破坏门锁的感应器。国内使用门卡的酒店,有八成的门都能被它打开。

"过后会给你。"

"好，那就行动吧。赶紧做完赶紧回家。"在镰仓看来，这个工作只需要去趟十九楼就能解决。

"不过，要是纸野结花在同一时间下楼了该怎么办？酒店中央有四台电梯，一个搞不好就错过了。"

"而且她也可能走逃生梯下楼。"战国补充道。

"那就从逃生梯上去呗？要是她下来了，正好能碰上。"

"奈良，你是认真的吗？我才不要爬十九楼。"

"要不我们分头行动，从各种路径上去？这样不管那女人从哪里下楼，都能有人拦截。"

"飞鸟和镰仓上十九楼，就这么定了。"江户做出决断。

"凭什么是他们啊？"奈良不服气地说。她应该也想去。

"奈良和战国人高马大，有点惹眼。"

"你不能光凭外表判断一个人。"

"这就是应该凭外表判断的问题。不要再说了，飞鸟和镰仓，你们两个乘电梯上去。"

"那我呢？"

"平安盯着一楼的电梯间，以防纸野结花下楼。奈良和战国分头往东西两边去，盯着一楼走廊的逃生梯大门。这样要是纸野结花从逃生梯下来了，你们也能拦截。我去前台找找乾所说的帮手。他那边已经拿到了监控系统的使用权。你们还有别的意见吗？"

"要不前台还是我去吧。"平安开口道，"我感觉我比江户先生更容易让人放松警惕。"

"有道理，那就平安去吧。"

镰仓和飞鸟乘坐电梯到达了十九楼。

"你说,酒店内部为什么总是这么昏暗呢?"飞鸟说,"要营造气氛吗?"

"总是灯火通明的,人也会累啊。这里毕竟是住宿设施,大多数人都是来睡觉的,也许昏暗一点刚刚好吧。"

"而且还很安静。"

"都是这样的。"镰仓说着,把手伸进西装外套的内侧袋,拿出了吹筒,"赶紧完事吧。"

"你等会儿要去约会吗?放心吧,很快就能完事了。我们就去1914号房,抓住那个女人就行。不过,还真是想想就开心呢。"

"开心什么?"

"告诉我房间号的那个行李员肯定是个大好人,想着要帮帮苦苦寻找妹妹的姐姐,才把信息告诉了我。我猜啊,他肯定从小就被教育要与人为善。结果因为他的心善,纸野结花要遭殃了,所以我才会这么开心啊。一个好人被另一个好人连累,落入了我们这帮坏人手中,太讽刺了。"

"你别这么说,人家多可怜啊。毕竟有好多人这辈子只能老实巴交、与人为善地过日子啊。"

"我看看,1914号房……在这边。"飞鸟看了一眼走廊上的房间指示,抬手指向左边。

"哦,对了。如果她在房间里,我们该怎么做?"镰仓通过耳麦询问。

"把她控制在房间里,盯好别让她跑了。"江户说,"然后我们也会朝房间那边移动。如果她反抗,可以给她点教训。乾只需要我们抓住她,然后保持她的脑袋和嘴巴还能用。"

"脑袋和嘴巴啊,莫非是想从她嘴里撬出信息?"飞鸟点点头,"还有尽量别招惹警察过来,对吧?"

"警察要是进了酒店,我们也麻烦了。所以你尽量低调点,有情况随时联系。"

镰仓与飞鸟并肩穿过了走廊。天花板上等间距镶嵌着照明,给昏暗的走廊提供了一丝光亮。走廊左侧有五个房间,右侧有六个房间,周围十分安静,仿佛所有动静都被地毯和墙壁吸走了。

"用什么?"飞鸟压低声音问。

她问的是吹箭的种类。有的吹箭能让对方失去意识,仿佛中了全身麻醉,有的吹箭能引发剧痛,甚至有一种吹箭能让人剧烈呕吐直至死亡。

"最保险的是让她睡过去,不过既然要用到脑袋和嘴巴,那就有点不太好了。"

"那就不用吹箭,直接把她制伏吧。"

镰仓跟数不清的女性(虽然他也没打算数)有过亲密关系,最爱的就是女人绝望地质问"你为什么要这样对我"时的那张脸。在背叛者眼中,遭到背叛之人的反应可以说是最让人愉悦的光景。虽然他跟纸野结花并不相识,但应该也能欣赏到"期待落空的表情"。

他们逐个确认着门上的房号。

纸野 1914号房

可可坐在1914号房的圆桌旁,敲打着便携键盘,纸野结花则目不转睛地看着,表情有点严肃。可可见她这样,微笑着说道:"我之前说自己擅长码字的工作,但是在十年前,我连电脑都不会用呢。"

"啊？"

"我是在五十岁那年学的电脑。"

虽说是学电脑，但是到掌握黑客技术，恐怕是一条很漫长的道路。

"我儿子是投手。"

"投手？打棒球的？"她怎么突然说起这个了？

"没错，是职业棒球投手。"

"职业？他是谁啊？"

"这个得保密。"

纸野结花只觉得她在开玩笑，但是见可可一直不愿意透露，忍不住问道："真的啊？"

"然后游戏机和手机上不是也能玩棒球游戏吗？"

"哦，是的。"

"于是我就试着用儿子的那个球队玩了。首发队员自然选了我儿子。然后我很惊讶地发现，那些游戏竟然还给不同的球员设定了参数。我儿子的控球力是 E。游戏里 A 是最好的，E 是最差的，换言之就是被当成了毫无控球力的球手。"

"那实际情况不一样吗？"

"实际情况肯定不至于是 E，不过他的控球能力的确不怎么样，有很多四坏球，顶多能算 D 吧。"

纸野结花很想说，那不就是主观评判问题嘛。"然后呢？"

"我找懂游戏的人打听了一下，原来游戏人物的参数参考了数据库中真实球员的数据。当时我还不知道数据库是什么，但是搞清楚了，肯定是我儿子的某些数据决定了他在游戏中的控球力被评为 E。"

"莫非……"

"于是我就想，既然如此，就把数据库里的数据改掉呗。这就是我学电脑的初衷。刚好我家附近有个电脑教室，专门针对我这种大妈开了电脑课，我便在那里学了最基础的电脑知识，然后买了各种教材。毕竟是为了儿子，我学得还挺认真，再加上可能本身就有点天赋，我就渐渐迷上了编程。只能说就是执念吧。何况我也有时间学习。我不停地检索网络上的信息，废寝忘食地深入网络世界。所以说啊，无论几岁开始学习，都不算晚。"

纸野结花不知道这番话究竟有几分真假。可可可能在编造一个故事，好让自己放松下来。所以她也不好询问可可最后是否修改了儿子的参数。

"后来我想着，既然有了一身本事，不如拿去帮助别人，就开始接任务，然后受到了越来越多人的依赖。后来我丈夫欠了钱，我为了还债干起了危险的事情。真可怕啊，这种事一旦做了，就会永远深陷泥潭。我还经历过不少吓人的场面呢。人生真是太可怕了。"

一开始只是为了孩子的脸面，还能让人会心一笑，不过，纸野结花真的无法想象可可怎么会做起了帮人重启人生的工作。

"你有这么非凡的记忆力，应该也很擅长电脑相关的工作吧。或者适合去破解密码？"

"不知道呢。"纸野结花不太确定地说，"我能记住各种破解密码的模式，但是使用起来需要灵感，我就没有那种天赋。"

"原来是这样啊。"

"乾先生也对我很失望。因为说到破解密码，我顶多能解出嵌字文。"

"嵌字文？哦，就是那种一段文章每行的第一个字可以组成一句话的？"

"乾先生还笑话过我，说我捧着金饭碗却不会吃饭，还说我没用。"

"好讨厌啊。他就是把人当成了工具，才会进出有用没用这种话来。"

"确实。"纸野结花嘴上应和着，心里却觉得好像乾对自己也并没有很厌烦的态度。

她说出了自己的想法，可可面露同情，耸了耸肩。

你不就是被迫记忆了很重要的密码，然后要被灭口吗？都这样了你还袒护他，跟那些说家暴的丈夫不是坏人的受害者有什么区别。

她应该是想这样说。

"人啊，真是太难看透了。"可可继续道，"我曾看见一个人给猫拍照片，接连按了好多下快门。光看那个场景，他就是个爱猫人士，对吧？"

"难道不是吗？"

"后来我走过去问他，那人两眼发光地说：'我在想，如果一直用闪光灯闪小猫咪，会不会把它闪瞎。'"

纸野结花明显感觉到自己的表情扭曲了。"什么意思？"

"他就是突然想到可以用照相机的闪光灯作为攻击武器。"

"啊……"

"是吧。一个满脸笑容给小猫咪拍照的人，内心竟然如此可怕。顺带一提哦——"

"什么？"

"那个人就是乾。"

"啊？"

"我看见他给猫拍照片,上去问了一句,他就这样回答了。当时我没怎么在意,以为他在开玩笑,后来就听说了那个可怕的传闻。那时我才想,也许他根本就不是在开玩笑。"

纸野结花一时间无言以对。

在乾手底下工作的日子虽然称不上幸福,但也比此前的生活更安稳,有时她还会被乾的一句话逗得忍俊不禁。虽然她知道乾做的都是触犯法律的事情,但还是经常感觉他并不是坏人。不过,现在证明她想错了。

总是这样——纸野结花暗自思忖。她很想就此消失,同时内心又有另一个声音:我不甘心就这样消失。

㊅ 十九楼

镰仓和飞鸟所在的走廊贴着分不清是米黄色还是茶色的壁纸,厚重感十足。走廊左右两侧都有房间,头顶的照明投下昏黄的光芒。

这里安静极了,让人觉得连呼吸声都会形成回响。

"乾发来消息了。"耳麦里传出江户的声音。

镰仓和飞鸟对视一眼,停下了脚步。

"他说什么?"

"他问现在是什么情况。"

"你叫他老实等着吧。"

"我们没联系,就是工作还没完成。他急什么啊。"

"可能交易的时间快到了。"江户说。

镰仓想,乾上次打电话来的确提到了"交易"。

"飞鸟,镰仓,你们快去抓住纸野结花吧。"

"这边完事了会联系你们的。"

"千万别杀了她哟。"

镰仓和飞鸟用视线交流了片刻,继续迈步向前。来到1914号房门前,镰仓从裤子后袋掏出一张有点厚的卡片。卡片上有许多个小洞,他把卡片放在感应区,然后拇指轻轻按了一下卡片侧面的按钮。几秒钟后就有了动静。镰仓回想起拼命自保的人被戳中弱点，沉沦在屈辱与失败之中的画面带给他的快感。卡片制造的磁场成功破坏了感应器。

他收起卡片，从西装内袋取出吹筒，里面已经装好了箭矢。这种箭矢能让中箭的人意识蒙眬，陷入一种近似睡眠的状态。飞鸟手上也出现了同样的吹筒。

他按下门把手，缓缓推开门，准备在看见人影的瞬间发射吹箭。飞鸟在前面打头阵，但她肯定不是身先士卒，只是想抢先一步捕获猎物。

房间很大，隔成了两个部分。

外面是会客区，摆着圆桌和沙发。飞鸟举起吹筒，深吸一口气，向前走去。

他仔细观察着沙发后面和窗帘后面是否藏着人，同时朝着卧室缓缓移动。

探查完可以藏人的区域后，飞鸟叼着吹筒走向洗手间。镰仓进入卧室，躺下来查看床底，又检查了一遍其他地方，都没有找到纸野结花。

他拿开吹筒，抓起床边的行李箱扔到床上。"女人不在，行李还在。"他对耳麦说道。

行李箱没有上锁，飞鸟检查了里面的东西。

"出门了？"江户问，"莫非我们来晚了？"

"怎么办？"

"镰仓和飞鸟留在房间里等一等，要是纸野结花回房了，立刻抓住她。"

"明白了。"

"我要查查酒店的摄像头。平安，现在能看吗？"

1914号房

"有点糟糕啊。"可可叹了口气。她现在完全不同于刚才谈论棒球的时候,声音阴沉了不少。

"糟糕?"纸野结花感觉胃部一阵抽痛,"怎么了?"

"刚才那六个人,有两个去了一楼的电梯厅,应该是镰仓和飞鸟。一对俊男美女。"

"他们要上来了吗?"

"因为行李员透露了你的信息。"

"那个酒店工作人员把我的房间号告诉别人了?"在这个对个人信息管理十分严格的世代,竟然有酒店工作人员向他人透露房客的房间号,这太难以置信了。

可可遗憾地摇了摇头。"只要用对方法就行。工作人员肯定不会向明显很可疑的人透露信息,但可以随意编造借口,降低他们的警惕。所以说,打探到信息的可能性不是绝对的零。如果是我,就会装作正在着急地寻找孙子。如果我看起来真的特别着急,说不定就会有人出于善心而告诉我。其实对付人和对付服务器一样,总归是有方法的。"

"可是……"

"我们应该做好最坏的打算。"

"那个,保镖在哪里?"她是说可可请的那两个保镖。如果要跑,不是应该早点跟他们会合吗?

可可皱了皱眉,纸野结花感觉胃更痛了。

"他们应该在别的房间待命。不过我的会合指令已经发出去很久了,好像没有人看见。"可可拿出手机点了几下,像是在发起语音通话,但是也没人接。过了一会儿,她喃喃道:"不行,电话也不接。"

"会不会睡着了？"

"他们是值得信任的业内人士，应该在 2010 号房。会不会出什么事了。"

"怎么办？"纸野结花只能如此反问。

"最好趁他们上楼之前离开酒店。你能马上动身吗？"

"啊，可以。"纸野结花点点头，不等脑子反应过来，身体就先有了行动。她的心跳明显加速，连腿都开始发抖了。

"那个，"回过神时，她已经脱口而出，"我们能逃出去吗？"

她并非不相信可可的能力，只是"死亡"突然带着一种强烈的现实感出现在面前，让她心里涌出了恐惧感。她不太想思考自己死在这座酒店里的可能性。

"没问题的。"可可笑着说，"放心吧，你一定能离开这里，尽情享受以后的人生。这不叫逃跑，而是重新开始。到时候你可以去西点店工作，也可以为考取律师证努力。我就是为了这个而来的啊。"

短短一句话，就让已经在喉头翻涌的"死"烟消云散，同时心里充满了"安心"。

"那个，我……"

"嗯？"

"要是能成功逃离……"

"怎么？"

"我想交个朋友。"话一出口，连纸野结花都惊讶了。她并不清楚自己究竟想不想要朋友，也许只是想把那句话说出口而已。

可可眯起了眼睛。"挺好的。"

二人出到走廊，纸野结花只带了一个小背包。

"等会儿可能要跑步,你把行李箱留下,只带上最必需的东西。"

可可也背着一个背包,在走廊上快步前进,同时注视着手中的平板。

在不知情的人眼中,二人可能只是一对母女。

可可飞快地走着。

来到电梯厅,她按了下楼的按钮。远处的电梯立刻发出轻响,门上方的指示灯亮了,代表那台电梯马上就位。

纸野结花站在盯着平板的可可旁边,焦急地等待着电梯到达。可是,电梯迟迟不到。她不自觉地开始原地踏步,心里祈祷着快点,再快点。

老天爷,我这一生并不顺遂,这一刻你就眷顾我一下吧。

你就让电梯快点到达吧。

"纸野,不太妙。"

"啊?"她抬眼看去,就见可可盯着屏幕,耸了耸肩膀。

"我看见那两个人进电梯了,他们比我们更快,马上就到了。"可可依旧盯着屏幕说,"我们走逃生梯吧。"

她们回到走廊,朝东侧走去。纸野结花像被看不见的绳子牵引着,紧跟在可可后面。她们走到了走廊尽头的逃生梯门口。

"进去之后保持安静。"可可说完转开把手,缓缓推门,"因为可能会有回音。"

逃生梯比走廊要冷一些,宛如支撑着酒店的骨架。可可谨慎地迈着步子,生怕发出脚步声,领着纸野结花往楼下走去。每次抬脚落地都会发出细小的动静,仿佛这座建筑物的地板和墙壁在争先恐后地透露她们的行踪。

别着急,慢慢来。这楼梯底是通往酒店后门吗?纸野结花很想问，但是不敢发出声音。

走在前面的可可一直盯着平板，下了四层楼时不小心绊了一下。鞋子和金属碰撞的声音骤然响起，吓得纸野结花险些叫出声来。

她连忙捂住嘴，与可可对视一眼。对方脸上也有惊讶的神色。接着，可可点了点头，像在告诉她没问题。

可可停下脚步，专注地看着平板。"那两个人果然在十九楼出了电梯，被电梯厅的摄像头拍到了。"

"他们是来找我的吧。"纸野结花双腿发软，有点站立不稳。她很希望那些人跟自己没有关系，但人都已经到十九楼了，只是巧合的可能性能有多高？"我的房间暴露了吗？"

"现在先赶紧下楼吧。"

好——她很想回答，但是发不出声音。"赶紧下楼，赶紧下楼。"纸野结花暗自念叨着，加快了脚步。

下楼的过程中，她有好几次险些跌倒。因为脚步声加剧了心中的焦虑，让她难以保持平衡。

来到四楼的楼梯转角，可可再次停下了脚步。纸野结花以为她走累了，却见她盯着屏幕说："我先看看楼下的情况。"

纸野结花的呼吸有点急促，便趁着这段时间双手扶腰，调整呼吸。

"啊，有一个人过来了。"

"啊？"

"一楼的摄像头拍到了一个男人，他开门了。"

"门？"

"这道楼梯底下的门。"可可压低到耳语的音量，指着下方，"他是战国，六人组中的一人。"

纸野结花只觉得有人攥住了自己的脚脖子，差点蹲了下去。

"他要上来了吗？"她也压低了声音。

"有可能。战国身材高大，有点格斗的功夫。你瞧。"可可把屏幕转了过来，"他在六个人里是最恶毒的，喜欢破坏一切。"

"破坏？"

"包括人的身体。"

毫不夸张地说，纸野结花险些吓晕过去。准确地说，为了逃避心中的恐惧，她很想失去意识算了。

她脑中浮现出了那个场景。高大的男人打开一楼大门，一步跨过几个台阶，飞快地往上走，如同一阵龙卷风冲到自己面前，一把抓住她的脑袋将她带走，撕碎她的手脚。

可可抬起头，对纸野结花比了个向上的手势，用气声说："下面也很危险，这下麻烦了。我们还是先上去吧。"

她很想质疑。十九楼也有人，上下都有危险，这不是无路可逃了吗。

"我们先去五楼的走廊上避一避。"

纸野结花点点头，转身向楼上走去。因为紧张和焦虑，她双腿发颤，短短一段路走得跌跌撞撞。每次发出动静，她都担心楼下的男人会伸长脖子一口咬住她。于是她的心跳越来越快，脚步也越来越虚浮。

回到五楼，她们小心地打开逃生门来到走廊上。纸野结花总算能正常呼吸了。她长长地吐出一口气。

接下来该怎么办？

她很想问问，但是发不出声音。可可一个劲地往前走着，在电梯厅附近站定，回头看向纸野结花。"放心吧，十九楼的飞鸟和镰仓，从楼下上来的战国，他们都不知道我们在五楼。这样看的话，优势在我们这边。因为他们不会马上找过来。"

因为胆战心惊，自己的脸色一定很不好看。所以纸野结花明白，可可这是在安慰自己。于是她应了声"好"。

"还可以用员工专用梯呢。"可可指着走廊上那扇写有"员工专用"的门，门里面就是员工专用电梯。

"能用吗？"

"应该需要员工的工卡。"

那就是不行了。纸野结花沮丧地耷拉着肩膀。

"本来保镖应该帮我准备好那东西的。"

"你说工卡吗？"

"这应该是个万无一失的计划才对啊。"

可可蹲下身，开始操作平板。

片刻之后，就听见了电梯到达的声音。那种感觉仿佛突然有人举枪对准了她的脑门，害纸野结花险些惨叫起来。可可抱着平板站起来，背部紧紧贴在了走廊的墙壁上。

只听见一阵孩子的说话声传来，接着出现的果然是一家人。年轻的父母和两个年幼的孩子从纸野结花她们旁边走了过去，还说了一声"你们好"。纸野结花并没有像可可那样若无其事地回应他们。

"最好还是找个房间，进去安安静静地操作。"

"话是这么说……"1914号房已经回不去了。

可可轻哼着"要去哪里呢"，继续蹲下身略显憋屈地操作平板，不一会儿便开口道："好，就去525吧。"

纸野结花一时间没理解她在说什么，好一会儿她才后知后觉地意识到，原来可可在查看酒店的管理系统。

"525号房是空着的，我来填个预约信息。"

"啊？"纸野结花又不懂了。

"我就写，两个人订了三天两晚，从昨天开始入住。"

"你就写？"

"只是篡改一下信息。我并没有真的预约，也没有付钱，但只需要改动一下数据库的数字，就能变成这里的房客。"

"确实。"纸野结花说完，又意识到一个问题。就算篡改数据成了525号房的房客，她们也没有门卡。没有门卡怎么进得去呢？

"你不用担心门卡的问题，我们只需要给前台打个电话，说门卡弄丢了，请那边派人送上来就行。毕竟我们在数据上是这里的房客，不会有问题的。这种大酒店的员工，对遇到困难的房客会提供十分周到的服务哦。"

说完，可可就不再理会纸野结花，开始考虑下一步能怎么做了。纸野结花则只是一味地着急，什么都做不了，只能站在那里。

前台内部

"那什么，我们总算来到显示器前了。在前台内部。"平安注视着画面说道。前台内部比她想象的还宽敞，里面摆着一张桌子，还有好几个架子，上面放着备用的消耗品。

显示器一角印着数字"27"，应该是指二十七英寸。屏幕被分割为九个部分，每一格都在播放着不同的监控画面。

就在这时，她感到旁边传来气息，险些掏出了吹筒，但很快便察觉到，那是帮乾做事的男人。

那人轻点平安手边的触摸板，滑动屏幕上的光标，解释道：

"按这里就能改变显示的区域。"

"啊,这样啊,好厉害!"平安拍拍手,笑嘻嘻地道了谢。男人鼻翼微张,留下一句:"有什么事情需要帮忙,你尽管说,我在那边等着。"然后他就走开了。

江户应该听见了他们的对话,在耳麦里说:"刚才那声音就是乾跟我们说的会帮忙的人吗?"

"对,真是太简单了。"平安稍微压低了声音。

刚才,这个为了赚点外快而被乾买通的人一副熟稔的样子跟酒店工作人员打了声招呼,也不说来干什么,只当作正常系统维护,领着平安大摇大摆地走进了前台内部。然后,他站在监控摄像的显示器前,好似要请她吃大餐一般得意地说:"你随便用。"

"怎么样,你找到纸野结花了吗?"江户问。

"等等,我还没掌握用法呢。这东西一次显示九个画面,需要慢慢切换。我看看……"平安说着,手指在触摸板上滑动,切换显示画面,"每层楼的电梯厅都有摄像头,另外走廊上也安装了。还有就是餐厅门口和大堂。啊,我看见江户先生了。"

她看见屏幕里的江户抬起头,在寻找摄像头的位置。

"话说,纸野结花没有退房吧?"还在十九楼房间里的镰仓问道。

"我找人查了,她没有退房。既然不在房间里,那就是正在乘坐电梯,或者在逃生梯上?"

"战国和奈良已经去逃生梯了。"江户说完,被点到名的两个人也接话道:"我刚开始爬楼梯。""这边也是。虽然爬到十九楼有点麻烦,但还是得上去看看吧?"

"去吧。"

"她也可能没有退房,但是在我们来之前出门了吧?"奈良说。

"那就麻烦了。"战国应该开始爬楼梯了,声音随着步伐抖动着。

"就算她出门了,总归还是要回来的。"飞鸟说。

就在此时,平安在即将切换的画面中发现了一个人。

"啊。"

"平安,怎么了?"

她手忙脚乱地试图调回刚才的画面。"逃生梯那里拍到了一个人,好像是女的,不过很快就切换掉了,我现在怎么都找不到,这东西真是太难用了。"

"那个人出现在楼梯上,恐怕会径直往下走,你只要从一楼开始往上检查逃生梯的摄像头,边找边回放,肯定能找出来吧。"

"你这种不动手的人说得最轻巧了。"平安叹息着,终于找到了筛选画面的菜单,准备单独提取出逃生梯区域的画面。很快,酒店东西两侧一楼到九楼的画面就出现在屏幕上,构图都差不多。

"不过……"战国那边的话音伴随着爬楼梯的脚步声,"那人使用逃生梯下楼,应该是觉得乘电梯有危险。换言之,那边已经发现我们进入酒店了吧?"

"有可能。"

"她是搞到我们的信息了,还是第六感?"

"她把行李箱都扔在房间里了,也许是仓促之下逃走的。"镰仓说。

"也就是说,纸野结花并没有放松警惕。"

平安认为,即便如此,任务的难度也没什么变化。现在只是失去了奇袭的先机,他们六个人合拢成包围圈,想抓住她应该不难。反倒是对方已经察觉到他们的到来,一直保持着警惕,到最后还是要无奈落网，这样岂不是能平添狩猎的乐趣吗？

"战国，奈良，你们暂时停下，仔细听听。如果她走了楼梯，应该会有脚步声。"

"明白。""有道理。"

就算她心生警惕，从逃生梯下楼，也会碰上战国或奈良。

"准备好箭筒，随时射击。"

江户刚发出指令，平安就猛地凑到了屏幕前面。发现猎物的本能刺激大脑生成了喜悦。"找到了。我刚才整理监控录像，发现她不久前下了楼梯。有两个人。"

"两个人？"

"没错，还有另一个人。"纸野结花前面是个小个子女性，"哦，我知道了，是那个薄荷大婶。"

"什么薄荷大婶？"飞鸟奇怪地问。

"她说的应该是黑客大婶。因为薄荷的发音与黑客相似[①]。"不等平安应声，奈良先替她解释了。

"你是说可可啊。怎么，那大婶还在工作呢？"江户说，"都这么大岁数了，我还以为她干不了多久就会退休。原来纸野结花找了她。"

"她竟然还知道找跑路专家帮她跑路呢。"

"那大婶虽然很厉害，"平安看着屏幕中手持平板的可可，不由得心生同情，"不过在这种情况下，应该帮不了什么忙。"

现代社会充斥着信息战，人们可以通过操纵信息和散播假新闻获得优势。从这个意义上说，可可的技术可以在很多地方派上用场，但是在面对现实中的敌人时，需要靠身体能力来决定胜

[①]薄荷在日语中有两种读音，一种是源自英语"mint"的"ミント"，另一种则是"薄荷"的汉字读音"ハッカ"，该读音与"黑客"（ハッカー）相似。

负。就算她有再厉害的黑客技术，也抵挡不住被殴打或被捆住手脚。这种时候，薄荷大婶他就只是个普通大婶而已。

十一楼

七尾关上奏田所在的1121号房门，听见自动锁上锁的声音后快步穿过走廊，逃也似的跑向电梯厅。

必须尽快联系真莉亚。

但他的手机坏了，所以只能直接去剧场拦截。不过按照他平日里的运气，能否赶上真的很难说。

不管怎么说，他要尽快离开这座建筑物。

来到电梯厅，四台电梯好像同时决定保持沉默，一点动静都没有，也不见有电梯门打开。他按了向下的按键。

虽然对不起奏田，但他真的没打算上楼。

东北侧的电梯发出提示音，门上的灯也亮了。他走过去等了一会儿，门开了。七尾一直警惕着，生怕里面又有麻烦人物，好在这次一个人都没有。于是他快步走进去，按了一楼的按键，然后开始狂按关门键，边按边念叨："你懂的吧？乖乖，下楼，让我，离开。"

电梯开始下降，七尾松了口气，然后抬头盯着显示楼层的数字，焦急地等待倒数结束。

就这样，就这样，别再出事了。

电梯下降的速度开始放缓。他觉得现在到一楼好像还有点早，但努力告诉自己这只是错觉。

怎么可能在中途停下呢。

他越是自我催眠，速度就降得越明显。

会不会跟刚才遇见奏田一样,又碰到什么跟他有过节的人?不可能吧。他很想这样认为,但已经放弃了奢望。

七尾把手伸进腰包,随时准备应对突发状况。虽然他感觉近身格斗时与其借助工具,不如赤手空拳更顺手。不过为了避免不必要的争端,他还是抓住了辣椒水。

电梯门开了。他把辣椒水藏在右手掌心,做好了随时发难的准备。只要是认识的人,或是表现出危险举动的人,他就会毫不犹豫地喷出辣椒水。

然而事实并不如他所料,电梯门打开后,外面站着的只是一个陌生女性。当然,危险人物是不分性别的。七尾继续保持警惕,飞快地打量着她,还是没有感觉到任何危险。那只是一张没有什么特征的,看起来很正经的脸。

她站在了电梯操作板前面。七尾再三确认这只是个不认识的人之后,终于放下心来。毕竟不可能电梯每一次停下,都有一个熟人走进来。

这下他肯定能离开酒店了。必须尽快告知真莉亚即将到来的危险。虽然不知道该怎么告诉她,但当务之急是离开酒店。

七尾发现电梯很久都没有动。

原来是刚才进来的女人一直按着开门键。

"那个……"七尾开口道。他该说请关门吗?接着他意识到,这女人可能在等人。她应该是先进了电梯,等待还没有来的人。

既然如此,他最好还是离开吧。七尾刚迈开步子,就听见女人说:"冒昧问一句,你是瓢虫先生吗?"

他有种想用全身咂舌的冲动。果然又出事了。不是,这到底怎么回事?那女人没有理会七尾的纠结,继续说道:"我叫纸野,目前正在逃亡,快要被抓住了。你能帮帮我吗?"

七尾认真地看着她。光凭这句话，他还有很多想不明白的地方。

这人怎么知道他是谁？为什么向他求助？

"不好意思，我现在很赶时间，必须尽快离开这里。总之，你先松开按键好吗？"七尾很想说，她可以在下楼的过程中把话说清楚。但是她抢先开口道："拜托你，在到达楼下前听我把话说完。"

"你跟我在一起不会有好事，所以还是找别人吧。"他语速飞快地努力解释道。

"之前一直是另外一个人帮我逃走，可是那个人……"女人根本没有听进去他的话，含着泪说，"那个，你知道可可女士吗？"

"可可？"好像在哪儿听到过，但是一时间想不起来。

"可可女士一直在帮我逃亡。"她似乎在努力组织语言，但是迟迟找不到合适的话语。于是她喃喃道："可是，她刚才被杀了。"

七尾的表情一下就扭曲了。杀，这可不是什么好词。普通人不该轻易说出这种话来。听她的语气，就像在说那个可可刚才摔了一跤似的。

"请你帮帮我。"她再次用恳求的目光看向七尾。

而他只能盯着她死死按住开门键的手指，那仿佛赌上了生命般迫切的手指。

电梯外传来了动静。

🈯 二楼餐厅

"这是鹅肝酱,搭配甜橙酱汁。"服务生放下餐盘,开始介绍产地。

蓬长官动作灵巧地用餐叉戳起蘸了酱汁的鹅肝送入口中。对面的池尾也拿着刀叉,碰响了餐盘。

"池尾先生,为了下一代而改变这个国家,是一件艰巨的工作。"

"看来您深有感触啊。"

蓬长官露出了少年一般的笑容。"原因很简单。"

"怎么说?"

"谁都不想吃亏。"

池尾感到自己脸上露出了笑容。他很想说:那是当然。

"年轻人将来也会变成老人。所以,如果创造一个让老年人吃亏的体系,他们将来也会吃亏。人可以长寿,但绝不可能返老还童,所以只要坚持年轻人吃苦的规则,自己就能处在绝对的安全范围内。毕竟,没有一个人觉得自己吃亏是好事。"

"原来如此。"

他听得有些云里雾里,但还是点点头,假装懂了。

"就算改变国家的法律和制度体系,也不可能让所有公民都获得利益,更不可能得到每一个人的赞同。总会有人吃亏。"

"确实如此。"

"有很多人觉得这么做很麻烦,所以不想改变。我很理解他们的心情。就算是必须进行的改革,也会有人反对。那些人会要求改变者'解释这一切'。"

"解释……吗?"

"不管说什么他们都会要求解释,再抱怨解释不够充分。如果对他们说:'你们可能会吃点亏,但这是为了国家未来的必要举措。'他们必然不会接受。媒体会沸腾,在野党会挑事,然后又得再想出一套说辞来平息怒火。我一直觉得这么做很没有意义。为了让吃亏的人变少一些,或者看起来减少一些,就得进行各种各样的改动,到头来让规则和手续变得无比繁杂,成本骤然增加。一旦加入救济措施,体制就会变得非常复杂。好不容易要做出改变了,却为了改变不得不顾虑很多,到头来只剩下空有框架的体制和庞大的负债。这样真的很打击人。我当议员的时候,经常体验这种打击。"

蓬长官的语气很平淡,似乎没有融入任何个人情绪,所以池尾也不知道他有几分真心。

"不过,"蓬长官继续道,"也不是只有绝望。因为这个问题最近已经有所改善了。"

"什么问题?"

"解释的问题啊。现在有 AI 代替人工解释了。"

确实,现在越来越多的致辞、说明书、婚礼祝词和面试提问开始交由 AI 编写了。就在几年前,AI 编写的文章还很不通顺,甚至让人失笑,不过现在别说草案了,AI 文章的品质已经提高到了足以作为正式方案直接使用。

"现在 AI 的答疑能力已经超过了一般人的设想。正因如此,省厅的优秀人才才能有更多的时间去完成别的工作。"

"原来如此。"

"毫无疑问,那些无意义的问题和解释都少了很多。"

"现在只有人类才能做的,恐怕就剩下开玩笑了吧。"

"AI很有可能在这方面胜过人类哦。"蓬长官微笑着说,"而且我认为,在制定政策的时候,AI也能考虑得比人类更全面。那样一来,政治家的数量就能减少,成本也相应降低了。"

"如果人工智能掌控了政治,会不会像电影里那样反过来支配人类啊?"

"人们在购物网站上看见首页推荐的商品时,可能已经被支配了。"蓬长官满不在乎地说,"其实关键在于如何巧妙地运用人工智能。我们不能一味地感叹AI抢走了人类的工作,而应该去想,如何创造一个新的体制,让AI替人类完成工作,将人类从工作中解放出来。正因为这样,我选择了去情报局。要提高AI的准确率,需要注入尽可能多的信息。对AI而言,信息就是食物,是维持动力的汽油。不准确的信息相当于不均衡的营养,会危害AI的健康。我意识到人类需要注意的就是保证信息的准确性,而就在那时,国家刚好成立了情报局。"

"那您为什么不以议员的身份直接出任长官呢?"

"池尾先生,国会议员可是会被选民选下台的。"

"啊?"池尾看不出他是不是在开玩笑,一时不知如何回答。

"情报局的工作有可能招致国民的记恨。当然,我认为国家和国民都需要情报局,但是这个机构在发挥职能的过程中不可避免地会遭到记恨。我可不想因为在选举中落选而被迫退出。"

"原来如此。"

"还有,其实我也厌倦了选举活动。"这回,蓬长官用上了明显是开玩笑的语气。

采访的时间有限,餐品也上得差不多了,是时候切入正题了。

池尾吃了一口鹅肝。浓郁的味道在口中扩散,大脑立刻分泌出愉悦的成分。

"池尾先生……"过了一会儿,蓬开口道,"池尾先生,你在调查害死我家人的那起交通事故,对吧?"

池尾吓了一跳,怎么露馅了?他一时没想好该如何回答。

"我见你申请采访的态度很热切,所以也对你做了些调查。我的秘书佐藤很尽职。"

池尾往旁边看了一眼,邻桌的佐藤推了推眼镜,抱歉地低下了头。他的脖子又细又长,让池尾不禁联想到长颈鹿。不过他又冷静地想,当然没有那么长,不然也太夸张了。

"我一直记着夺走了妻子和儿子的那场交通事故,一时一刻都没有放下过。"蓬长官表情紧绷,"可是,我不知该如何倾诉这种痛苦。所以我始终把痛苦切割出去,麻木地活着。如果池尾先生对此感兴趣,我自是特别高兴,也很希望你能帮到我。因此,我才会坐在这里跟你谈话。"

"谢谢你。"

"其实应该找个更适合聊天的地方,只可惜接下来我还要在这里完成一项工作,所以只能请你过来了。实在是抱歉。"

"没什么,我也是托您的福,才能在这么高级的餐厅吃饭。"

"另外,说句实话,"蓬长官挠了挠头,"只有待在这种开阔的地方,我才有点安全感。毕竟很难说会不会有什么人突然冒出来。"

池尾一开始还不太懂他在说什么,但很快察觉到,他在说可能有人要取他性命的事情,便忍不住四处看了看。

"我还在当议员的时候,就收到过很多火药味十足的恐吓信。其中一大半是发泄式的咒骂,或者误解和信念上的对抗。这些都算好的。"

"一点都不好吧。"

"最不能原谅的是,竟然有国会议员及其身边的人试图排除异己。那种事对国家没有任何好处。回到刚才的话题,如果换成AI,肯定会做出更合理的判断。对于国家来说,真正重要的不是除掉某个大放厥词的人,反倒是那些一心只想着保全自己的人需要被处理掉。"

"你被人盯上了吗?"池尾把"果然"二字咽了回去。

"他们不会自己动手,而是会委托他人,或是诱导他人对我动手。事情就是这样。说不定这家酒店里就有做那种事的人。"

布 405号房

枕头和毛毯来到温顿酒店 405 号房门前，停下了布草车。门把手旁边亮着红色指示灯，这是"无须清扫"的意思。

她们来这里，是为了完成乾的委托。

毛毯看了一眼旁边的枕头，脑中闪过曾经的画面。那是她们跟乾相识的场景。

那天夜里，枕头打电话给她说："我找到他了。因为实在太生气，我就把他干掉了。"

毛毯表示马上赶过去，然后离开家叫了一辆出租车，赶往枕头工作的商务酒店。

她从事先打听好的后门进入酒店，来到枕头说的那间房，枕头给她开了门。毛毯一把抱住哭得说不出话来的枕头，静静地站了一会儿。等到情绪稍微平复，二人合力把男人的尸体抬进布草车，准备偷偷运出去。

好在她们找到了那个男人的车钥匙。接着在酒店旁边的投币式停车场不停地按遥控按键，总算找到了那辆车。

然后，毛毯花了很长时间劝枕头回去工作。枕头坚持道："我现在根本没心思工作。"毛毯说："你要是在工作中突然离开，肯定会有人起疑。"就这样，她总算说服了枕头。

接着,毛毯一个人把车开走了。

她不知道该去哪里。

尸体该怎么处理?是扔进山里,还是扔进海里?她左思右想不得其解,干脆把车停在路边,开始上网寻找答案。找着找着,她点开了一条链接,进入了一个奇怪的网站。她大脑混沌,仿佛在水中挣扎。等回过神时,已经用含糊的表述发出了一条求助信息,询问该如何处理尸体。她当时已经无法做出正常的判断了。

那时,回复她的正是乾。他说:"我平时在网上冲浪,偶尔会发现企图犯法的人,或是已经干了坏事、正发愁不知该如何善后的人。然后呢,我就会伸出援手。你说,我是不是很善良啊?人们总爱说什么救命稻草,而我递给他们的可不是稻草,而是结实的绳子哦。只要抓住了,我就能拯救他们。"

乾说的没错。因为他的出现,枕头和毛毯得救了。

乾帮她们处理了那个男人的尸体,还给了她们几个不错的建议。最后,这件事果然没有被曝光。

当然,天下最昂贵的东西莫过于免费。

她们被乾抓住了把柄,都辞掉了各自的工作,成了乾的下线,开始为他做事。

一开始出于罪恶感,她们的精神自然遭受了重创。但是在一次又一次地清扫杀人现场后,那种感觉渐渐变得麻木了。

大约两年后,她们提出不再当乾的下线。

因为她们听到了可怕的传闻,开始害怕乾。而且,她们已经完成了那么多任务,应该足够报答乾的恩情了。

乾并没有表现出抵触情绪,轻描淡写地答应了。

如果她们不再是下线,那就对乾一点用处都没有了。之前她们还很担心会被他像宰鱼一样宰了，好在结果并非如此。

"所以，你们以后要做普通的工作吗？"乾好奇地问道。他恐怕清楚得很，她们早就无法做普通的工作了。

"我们准备替那些没有能力报复的人做事。"

"怎么，你们要帮别人报仇？"

"嗯，可以这么说。有很多人在职场上霸凌下属，或是性骚扰，我们可以替受害者教训那些人。"

"这样就不会有罪恶感吗？"

"我们倒是很希望这样。"

"不过应该很难。"

"这样也挺好的。"乾耸了耸肩。

"什么挺好的？"

"挺好玩的啊。能够以报仇的名义蹂躏他人。"

毛毯觉得他在调侃二人，很想反驳"像你这种天选之子根本不明白我们的辛苦"。不过，她没有说出口。并不是她不好意思，而是乾当时的表情似乎正在想象"蹂躏他人"的场景，看起来陶醉极了，让她有点害怕。这人不像是刚刚才意识到施虐的快乐，反倒像是平时一直压抑着那种冲动，让毛毯真真切切地感觉到，她们决定离开乾真是太正确了。

"顺便问一句，如果你们要做那种事，最好利用酒店。"乾像是想起了什么，随口就给毛毯她们定下了今后的工作方向。不过，这句建议真的很重要。

"酒店？"

"毛毯本来就在酒店工作，肯定很了解后勤部分。只要拿到了钥匙，你们就可以把目标叫到酒店房间去解决。再伪装成清洁人员把尸体运走就好。后续工作可以委托给别的业内人士。"

虽然不太愿意采纳乾的提议，不过这主意实在不错，于是毛毯接受了。

"那我开门了。"一句话让毛毯从回忆中抽离出来。枕头用门卡扫了一下405号房的门锁，很快就响起了解锁的动静。

枕头缓缓推开门走进去，毛毯拽着布草车紧随其后。

这种工作她们已经做过很多次，自然非常娴熟。不过二人还是不会掉以轻心。

一个男人背对着门站在床前，像是在查看行李。他穿着衬衫和长裤，头发染成了近乎金色的亮褐色。那人似乎察觉到了她们的气息，飞快地转过头，看见枕头和毛毯的瞬间瞪大了眼睛，接着露出了然的表情。

"不认识。"枕头说，"这金毛是谁啊？"

"确实不认识。"

毛毯接过枕头抛过来的床单，迈步走向男人。她们跟平时一样打着配合，边移动边进行手上的动作，不消五分钟，就把男人像捆包裹一样捆了起来。

接着二人合力抬起男人，塞进了布草车。

"真是简单得要命。"毛毯耸耸肩。

"真没想到这种水平的竟然还想干掉小蓬，"枕头翻着白眼说，"不自量力。"

五楼

七尾所在的电梯之外，从走廊方向传来男人快速靠近的脚步声。

莫非是这个截停电梯的女人的同伴来了？

下一刻，女人开始快速戳按关门键，打消了七尾的猜测。"快关上，求你了。"女人念叨着，使劲戳关门键，看起来很是急切，像是被逼到了绝路。

七尾非常无语。刚才她不是还大咧咧地控制着电梯门不让关吗？不过他想起这女人说她在逃亡，在逃亡就意味着有追兵。也许她也没想到会有个男人追上来。

七尾不得不立刻做出判断：是留下，还是离开。这下真是前有狼后有虎，或者说前有陌生男子，后有陌生女子了。

他决定留下来。

如果电梯门顺利关闭，他就能下到一楼离开酒店，达成自己的目的。另外，他有种预感，即使现在离开电梯，也可能被卷入别的麻烦事。不对，与其说预感，更应该说是自信。

电梯门开始关闭。尽管女人拼命按着关门键祈祷它关快一点，那两扇金属门却仍像在表演慢动作下的感人重逢，移动的速度令人心焦。

男人跑过来了。他身穿西装，三十岁上下，身材瘦高，但是看不清脸，因为他用手捂住了嘴巴。

那是咳嗽的动作。可是下一个瞬间，七尾脚边响起了金属碰撞声。

嗯？七尾垂眼看去时，电梯门又唰啦一声打开了。左右两扇门好不容易重逢，却像是立刻大吵了一架，下一秒就原路返回了。

男人越走越近。七尾注意到那人嘴上叼着个圆筒。

电梯门又开始关闭，但是快要关上时，又像是出现了抗拒反应，重新向两边开启。他再次听见了碰撞声。

好像有什么东西卡在了门轨处。看清楚那东西的瞬间,七尾飞快地穿过敞开的电梯门,跑到了走廊上。

是吹箭。

七尾通过男人嘴里的圆筒和碰撞电梯门的金属声推断出来了。

男人应该是故意把吹箭射进了门轨,防止电梯门关闭。真的有人能做到这种堪称杂技的操作吗?七尾心里虽有疑问,但随即想起他已经见过不少能轻易完成杂技级别操作的人。能做到的人,就是能做到。

有人使用远程武器时,待着不动最危险。

男人见到七尾突然冲过来,肯定是吃了一惊,但还是立刻将吹筒对准了他。七尾浑身一颤,脚下用力,朝旁边跳开了。他又听见金属碰撞声,看来吹箭穿过敞开的电梯门,击中了里面的墙壁。

七尾改变方向,压低身子,像橄榄球比赛中进行冲撞一般朝着男人撞了过去。

他用力抱住男人的双腿,男人顿时向后仰倒。七尾没想到对方的体重竟然那么轻。男人的背部狠狠砸在电梯厅的地板上,一只耳麦飞出来,落在了后方的地上。

七尾的大脑像离心机一样飞快转动,列出了两个选项。

应该继续接近对手,还是远离?

他使出格斗技中的寝技缠住对方的身体,想利用自己明显占优势的体格强行绞住那人的身体。但是下一个瞬间,七尾突然放弃进攻,慌忙远离了那个人。

因为他想起了曾经在东北新干线上经历过的可怕场景。他跟一个使用毒针的业内人士近身搏斗,险些死在对方手上。

这个男人用的武器不是跟毒针差不多吗?万一被刺中了怎么

办？反正结果肯定不是改善血液循环，治愈肩膀酸痛。

靠近对方太危险了，只需轻轻一刺，他就会倒大霉。于是七尾手脚并用，飞快地拉开了距离。

他保持着俯身的姿势回头一看，刚才被他撞倒的男人才刚刚爬起。又来了。男人又叼住了吹筒。

七尾压低脑袋，让身形变得更低。

下一个瞬间，他感到吹箭擦着脑袋飞了过去。紧接着，七尾像棒球和足球运动员那样，朝着男人的双腿滑铲过去，二人再次发生碰撞。背后传来吹箭刺中墙壁的动静。对方的吹筒脱手而出，落在了地上。同时他还听见了另一个东西滑落在地的动静，但没有时间细看。

七尾死撑着站起来。这种感觉就像用命在玩海滩夺标，如果不比对手先恢复平衡，就会性命不保。

男人似乎也很急，但最终还是七尾占了上风。七尾绕至对手背后，想也不想就绞住了男人的脖子用力一拧。男人的身体软了下去。

七尾叹了口气，但是没时间发呆。走廊和电梯中随时可能出现别的房客。他立即开始调整呼吸。

怎么会这样。

做个深呼吸吧——七尾觉得自己好像听到了真莉亚的声音，于是深吸一口气再吐出来，又如此重复了几遍。

525号房

"麻烦你先解释一下现在的情况。"七尾把男人的尸体扔在525号房的床上，自己在沙发上落座，抬头看向站在一旁的女人——纸野结花。

他刚才打量了一会儿死去的男人,很年轻,长得很好看。由于他的外表实在太像特别受女性欢迎的男明星,七尾到现在都难以相信这人刚才竟想要了自己的命。

"这要从何说起呢?"

"我想问的问题有很多。"七尾的语气带上了一丝愠怒,因为他实在是太搞不清楚状况了。现在他只知道这个女人叫纸野结花,待他再想发问,却不知道从何问起。这让他很是烦躁。"你怎么会认得我?还有,你刚才走进电梯,真的只是巧合?"

不可能是巧合。因为电梯停在五楼,门打开的瞬间,她看见七尾在里面时一点都没有惊讶,反倒像是早就知道这件事了。

"我是用这个找到瓢虫先生的。"纸野结花向他展示了手机屏幕。那上面显示的好像是监控摄像的总控界面,能看到电梯厅和各楼层走廊的情况,而且画面还在定时切换。

"那是这家酒店的监控吗?"

"我是做码字工作的……"纸野结花说到这里,猛地闭上嘴,又开口道,"是可可女士帮我连上了系统,让我查看实时监控。"

"谁?"

这都什么事啊?

他只是来送货的,本来只要找到房间、交货,就完事了。可是到现在他都没能离开酒店,简直匪夷所思。

"可可女士就是帮我逃跑的人。"

听到这里,七尾"啊"了一声。他刚才从奏田口中也听过这个名字。"就是那个跑路专家?"

"没错,你知道她吗?"纸野结花很高兴,连声音都大了一些。

"你想逃跑?"如果是为了这个,她不是已经成功了吗?现在床上的男人已经没了呼吸，不会再追着她跑了。

他还没说完，纸野结花就插嘴道："他们是六人组。"

听到这句话，七尾顿时蔫了。

"你可别告诉我，还剩下五个人。"

"还剩下五个人。"

"饶了我吧。"

"之前可可女士一直关注着监控摄像，试图帮我逃离这里。但是并不顺利。"

七尾没有问到底有多不顺利，因为他不想掺和进去。

"可可女士在监控画面中发现了瓢虫先生，然后告诉我，如果她出了什么事，就去找瓢虫先生求助。"

"为什么？"七尾立刻问，"她为什么要你来找我？"

"她说你应该能帮上忙，还说你是一起大事件的幸存者。不过她没说是什么事件。"

"哦。"七尾控制不住面部肌肉的抽搐，"我很想忘掉那件事。"

"啊？"

"最想遗忘的过去，偏偏最难忘掉。真不可思议。"

纸野结花愣怔了片刻。她呆呆地注视着七尾，随后眼眶渐渐湿润了。"是啊。"她莫名感慨地说。

"什么是啊？"

"为什么就是忘不掉呢。正因为忘不掉，我的人生才会变成这样。还连累了可可女士……"她悲伤地指着自己的头，不再强忍泪水。她用手去擦拭，但还是来不及，便干脆用上了衣袖。

七尾等纸野结花冷静下来才说："好了，现在你可以随便逃亡，我也该回去了。我们就在这里分开吧。"说完，他从沙发上站了起来。

"那个,其实可可女士请了保镖。"

七尾差点想说自己知道,因为奏田已经说过了。

纸野结花再次陷入沉默。她似乎想说点什么,但是一直不作声。接着她又双眼含泪,但是拼命忍住了。七尾听见她发出吞咽的声音,应该是为了让自己平静下来。然后,她开口道:"其实……"

七尾突然有种不好的预感,连忙抬起手阻止道:"你可以不用说。"但是她没有停下来。

"那个保镖本应来找我们,但是突然联系不上了。"

"人生总是充满意外。"七尾很想尽快结束这个话题。

"所以可可女士决定直接去保镖订的2010号房。因为她提前拿到了那间房的钥匙。"

"2010号房。嗯,好吧。"既然涉及刚才一头撞在大理石桌子上死掉的高良,也难怪事情会变成这样。

"那个保镖带着IC卡,可以刷开员工区域,所以可可女士一个人去找他了。"

"你说可可吗?"

"是的。"

"让我猜猜看,那个保镖死在了房间里,是吗?"

"你怎么知道?"纸野结花瞪大了眼睛。七尾有点担心她会误以为自己有什么特殊能力,或是洞察力惊人,心中不免有些焦急。

"可可女士在电话里向我描述了2010号房的情况。她请来的保镖死了,不过IC卡还在,她说会马上带着卡片来找我。可是就在下一刻,突然有人来了。"纸野结花的情绪又开始失控,不得不再次忍住泪水。

她说的恐怕是吹箭六人组了。那六个人全都来了吗，还是只有几个人来了？总之就是有人来了。

"通话的最后，可可女士对我做出了指示。"纸野结花继续道，"她说，如果她不行了，就去找瓢虫求助。

"她还给我发了瓢虫先生的照片，然后告诉我怎么用手机连上监控摄像，说如果运气好碰上了，就向瓢虫先生求助。"

"然后，你真的运气好碰上了我。"显然，她是在监控上看见他进了电梯，并在五楼把他拦截了下来。对七尾而言，这算是"倒霉"才对。

"我以前听说，瓢虫代表着幸运。"

"因为瓢虫会朝天上飞，身上还有七颗星吗？"七尾经常听人这样说。结合自己的霉运，这种说法实在是讽刺，所以他很烦。"七是个神奇的数字。"

"啊？"

"一个星期有七天，日本有七福神，还有七大洋、G7和七大不可思议。"

"还有幸运数字七。"纸野结花露出沉思的表情，应该在搜寻记忆。

"如果我是数字七，肯定觉得压力很大。"

七尾叹了口气，纸野结花露出了混乱的表情。过了一会儿，她说："你能帮我离开酒店吗？"

应该丢下她不管，还是帮她一把？七尾不得不做出选择，但他并没有犹豫多久。因为他没有义务帮忙。

"我可以正式向你发出委托。你是业内人士，对吧？"纸野结花恳求地看着他。

"每个人都是某个行业的业内人士。"

"我想让你接下这个工作。"

"我从来不直接谈工作。"七尾本可以不由分说地离开，但还是忍不住找了个借口。连他自己都觉得奇怪，为什么拒绝一件事还得说服对方才行呢？

"那我该找什么人下单？"

"找真莉亚。"说到这里，七尾猛地拔高了声音，"对了，真莉亚！"他险些要拍自己的大腿，赶紧看了一眼时间。

还有三十分钟，话剧就要开场了。他不知道真莉亚准备什么时候到，但必须在她到达前告诉她那里有危险。

七尾觉得跟这个女人说真莉亚的事情也没用，不过他还是希望对方能理解他的处境，所以深吸一口气准备开口。就在这时，纸野结花突然说："请等一等。"

她不是想要解释吗，为什么又不让他说话了？

七尾一阵烦躁，就见纸野结花把手机递了过来。"来了两个人。"

"来了什么？"谁？来干什么？

纸野结花似乎察觉到了七尾的疑惑，继续道："六人组中的两人，要来这个房间了。"

五六 525号房

奈良正走下逃生梯。他知道飞速跑下楼不会有好事，所以一直保持着稳定节奏的小跑。她前面的战国也在用同样的方式小跑。

"我们这是在楼梯上跑来跑去啊。"战国叹息道。

确实，奈良心想。

他们刚才在二十楼。

因为纸野结花可能与可可一起顺着楼梯向下，他们还想着能在中途碰到那两人，可是一直走到顶楼都没有碰见。实在没办法，他们只能转身下楼。而就在那时，平安通知他们，可可一个人进了电梯。

他们知道可可去了二十楼，但一直盯着监控画面的平安也无法确定她具体进了哪个房间，所以奈良和战国只能分头行动，像上门推销一样一间间房查了过去。刚开始查看没多久，就在2010号房发现了可可。

奈良本来准备控制住可可后，逼问出纸野结花所在的房间号，可可为何在这个房间，以及她们还有没有同伙？但是战国中途加入，一时没控制住力道，一脚踹飞了可可，她就这样没了气息。

江户得知此事后，又强调了一遍："可可死了就死了，但是千万别弄死纸野结花。"随后他又说，"乾的命令是活捉纸野结花。"

"知道，要保证她的脑袋和嘴巴能用。"

下一刻，平安就在监控画面里发现了身在五楼的纸野结花。

"啊，我现在就过去逮住她。"镰仓立刻自告奋勇道。

"交给你了。"江户回答，"奈良和战国原地待命，把2010号房好好搜查一遍。最好搞清楚可可在里面干什么。对手只有纸野结花，镰仓一个人应该能搞定。"

过了一会儿，耳麦里又传来了镰仓的声音。"我看见纸野结花站在走廊上。啊，她走起来了，我这就追上去。"

他们本以为过不了多久，镰仓就会得意扬扬地说："抓住了，简直不要太轻松。真不愧是我。"只是没想到,他们听见的却是充满警惕的一句:"电梯里有人。"

接下来是一段激烈的打斗声,再后来,就听不见镰仓的声音了。

江户呼叫了好几次镰仓,都没有应答。奈良和战国对视一眼,立刻跑出 2010 号房,直冲五楼。

"谁知道镰仓现在是什么情况?"奈良一边谨慎地迈着步子,一边冲着耳麦询问。

踏在台阶上的脚步声仿佛酒店发出的心跳。

"事情变麻烦了。"平安开口道。她依旧镇守在前台办公室查看监控画面。"他不太好。"

奈良和战国同时停下脚步,然后缓缓迈开步子,控制住下楼时的动静。

平安口中的"不太好",通常意味着"非常糟糕"。可以推测,镰仓遇到了"非常糟糕"的事情。

"他该不会被干掉了吧。"战国半信半疑地说。

"有可能。"听到平安的回答,奈良也紧张地吞咽了一下。

"江户先生,纸野结花确实是普通人吧?"

"根据乾给的信息,她就是个普通女人。"

"动手的不是纸野,是一个男人。监控都拍到了,那人很厉害。"平安的声音罕见地透着一丝紧张,"电梯里的男人跟镰仓对上了。"

她在五楼的监控画面中看到了,二人交手的时间非常短。

"谁?纸野结花不是一个人吗?"

"我看着好像是碰巧路过的男人。"

"碰巧路过的人会突然跟镰仓打起来?"

"是不是业内人士啊？"

"有可能。不过我没看清他的脸，所以不清楚对方的身份。"平安说，"他扛着镰仓的尸体顺着走廊离开，进了某个房间。根据走廊的监控画面，应该是525号房。"

"我和奈良正赶往五楼。"

"现在在几楼？"

奈良看了一眼楼梯转角处的楼层数字。"我们刚经过十二楼。"

"我也去帮忙吧。"江户话音刚落，就被平安阻止了。

"太多人去会把事情闹大，而且酒店房间并不大，人多了可能会被吹箭误伤。江户先生你就留在原地，继续摆出总指挥的样子吧。"

"谁摆出总指挥的样子了。"

"奈良和战国，你们都不用我说吧，务必要小心。"平安说，"我看那个人接连躲过了好几支镰仓的吹箭。"

"镰仓真的死了？"飞鸟问。

"我看他应该被拧断了脖子，是不是死了无法确定。"

"如果被拧断了脖子，"飞鸟平淡的语气传进了奈良的耳朵，"那应该活不成了。"

得知镰仓死了，她没有什么感觉，也没有什么像样的共同回忆。但是至少，他们有过同为外貌优越人士的愉快交谈。他们聊过自己是人上人，比别人更优越。镰仓曾说："每次跟女人分手，她们可能觉得今后再也找不到像我一样优秀的男人了，个个都死缠烂打，真的很烦人。所以说，还是得找有点资本的女人谈，才更轻松啊。"奈良则说："对对对，那是真理。"说完，二人还齐声大笑了一会儿。

跳过几级台阶，来到又一个转角，巨大的轰鸣在楼梯间里回响。奈良悼念镰仓的死，刻意制造出如此大的响动，让自己重新集中精神。

死掉的队友便不再是队友。如果队友的死一直让她走神，那便无异于拖后腿的敌人。至少奈良是这样想的。她险些又要想起镰仓，便在内心喝道：别来碍事。

他们来到了五楼的走廊。

"那人有可能是可可雇的保镖。"走向525号房的路上，奈良说道。

"有可能。"前面的战国回答。

"我们到达525号房门前了。""这就进去。""提高警惕。""要小心哦。"耳麦中传来声音。

奈良从战国身后伸出手，将破解门锁的装置放在感应器上。只听见一声轻响，感应器被破坏了。

奈良手中已经拿好了吹筒，里面装着麻醉用的吹箭。假如对手是实力匹敌镰仓的人，她大可以使用能立即致死的神经毒素，但是纸野结花也在里面，而他们必须把她活着带走。考虑到误伤的可能性，现在只能用麻醉吹箭。

战国左手按下门把手，右手也已经拿好了吹筒。

门口的敌人可能有枪，于是二人换成了半蹲的姿势。

奈良跟在战国身后进入房间。没有枪声，也没有人的动静。关上房门，他们站直了身子。

"男人和纸野结花应该都没有离开。"

耳麦里传来平安的声音。

"应该"这个词用得有些奇怪，奈良猜测走廊上的摄像头可能有死角，无法拍到所有地方。

他们不知道对手躲在什么地方，手中有什么武器。

房间里光线很暗，显然是故意关掉了灯。门口就有电灯开关。战国回过头，虽然没有说话，但明显在问她："要不要开灯？"

奈良瞬间考虑了一番开灯的好处和坏处。

开了灯就会暴露他们已经进入房间的事实，不过现在应该认为，他们已经暴露了。另外，开灯之后，他们更容易找到对手，对手也更容易找到他们。

根据以往的经验，在昏暗的环境中，她还是能够把握对手的动向的。只要有一点影子的晃动，就朝那边射箭即可。若是用枪，枪声可能会暴露自己的位置，而吹箭则不会有这个问题。

所以，光线暗一点对他们更有利。

奈良摇摇头，战国颔首示意"我也是这么想的"，于是他们没有开灯。

进门之后的通道有点窄，二人一前一后向前探索。前方的卧室难以看清全貌。

奈良绷紧神经，小心翼翼地迈着步子。酒店客房只有一个出入口，虽然有窗户，但基本是钻不出去的。

他们可以瓮中捉鳖。

藏在哪儿了？

前方的战国打开了右侧的衣柜。奈良探头过去，用力一吹。里面只有两件浴袍，她射出的两支吹箭都刺中了领口处。

没看见洗手间和浴室，应该在卧室里。

战国冲进卧室，奈良紧随其后。他们已经准备好看到人影就立刻吹箭，但里面只有两张并排摆放的床。

奈良走到战国旁边。

"床和床之间，或者床底下。"奈良小声把可能藏人的地方列了出来。如果在这几个地方出现人影，他们会立刻吹箭。

"洗手间和浴室在最里面。"

奈良想，不管那男人是谁，总归纸野结花是没有受过特殊训练的。若是突然发出巨大的响声，她也许会控制不住惊叫起来。不过，男人也可能捂住了她的嘴，防止她失控。

窗帘后面也能藏人，他们一直关注着那边的动静。

男人可能携带着枪支一类的远程攻击武器。不过根据他们以往与持枪者对峙的经验，用吹箭打断对方动作的速度更快。因为吹箭基本不需要准备动作。

她设想着男人突然从床后站起来，朝他们举枪或投掷物品的场景。或者是闷头朝他们撞过来。不管哪一种，他们都会更快。

她又观察了房间内部的摆设。床头柜、冰箱、电视机，这些地方都不能藏人。

"继续收拢。"

战国低声说着，抬脚绕过床脚。

就在这时，声音响起。

虽然看不清闹钟在哪里，但声源自床头柜方向。察觉到这一点时，她已经射出了吹箭。战国的动作跟她一样快，箭矢同时射中了床头柜。

他们保持箭筒朝前，留意着周围的影子，继续向前。

糟糕——反应过来时，身体已经向前倾倒。脚下竟然有一条绊脚绳。因为刚才的声音，他们把注意力集中在了远处，导致没有发现。奈良本能地抬手想要撑住地面，同时发现地上撒了几颗尖头朝上的图钉。

她意识到自己中了圈套，顿时怒火中烧。本以为要受伤了，没想到旁边的战国竟然伸手过来，单手拉住了她。

就在这时，卧室一侧冲出了人影。奈良的吹筒已经离了嘴，无法发射吹箭。抬手支撑着奈良身体的战国也一样。

面前的男人抬手一挥。他扔了什么东西？没有枪声，也没有冲击力和疼痛感。莫非是打歪了？她再次摆出吹箭的姿势，却感到面部爆发一阵刺痛，脸、头顶和双眼开始灼烧。

是开水。那人朝他们浇了开水。战国也低下头，擦拭着自己的脸。

奈良发现战国在用力摇晃脑袋，显然他被男人扔过来的东西砸到了。是开水壶。也有东西朝她这边飞了过来，奈良闪身躲避。那是一台吹风机。

对方不可能错过这个瞬间。男人毫不犹豫地扑了过来。奈良用最快的速度含住吹筒，发射。

但是被弹开了。她看见那人手上抱着一把椅子。他冲过来了。

奈良再次调整吹筒。战国的手伸了出去，他打算肉搏吗？

男人举起了椅子，躯体瞬间变得毫无防备。如她所料。奈良瞄准目标，用力吹气。

她射中了。男人应该立刻停止动作，可他还是冲了过来。

这一刻，房间里突然响起漏电一样的噼啪声，像是被点燃的爆竹。

她条件反射地看过去。糟糕。她连忙收回视线，恰好看见战国的脑袋挨了一下。紧接着，奈良的头部也遭到重击，眼前炸开一片白光，然后就是无尽的黑暗。

她倒下了，图钉刺破了皮肤，但她已经爬不起来了。

五楼

七尾拽着纸野结花跑出了525号房,反手关上房门。

他已经把能想到的都做了一遍。用烧水壶烧开水、设置闹钟、藏起来、把爆竹给了纸野结花,还适时发出了点燃爆竹的指令。紧接着,他举起椅子朝对手砸了过去。唯一没能完成的,就是斩草除根。

对手有两个人,一个体型如同格斗家的男人,还有跟七尾身高差不多的女人。

好在七尾事先知道他们的武器是吹箭,否则估计会在眨眼间中招,一切都完蛋。为了防止被吹箭刺中,他还把客房的枕头塞进了衣服里。

他先用椅子揍了男人,又在女人的脑袋上来了一下,但是在那之后,椅子脱手,他再也找不到能用的武器了。他也许应该双手钳制住对方的头部,折断他们的脖子。不过,男人彼时并没有完全失去意识,极有可能再次进入战斗状态,所以他改变了主意,认为逃离才是上策。

根据对手意识模糊的程度,他认为自己能战斗五分钟以上。但是考虑到纸野结花,他们面临的危险就增多了。而且在缠斗时,那个女人极有可能清醒过来。

还是走为上策。

这种时候，七尾很相信自己的判断。

他快步穿过走廊，突然察觉到旁边的纸野结花拿着一个抱枕。

"啊。"她好像也是下意识把东西拿在手上的，回过神后吃了一惊。她有点羞愧地转过来，就看见抱枕的中心赫然扎着一根箭矢。"应该是出门的时候。我有点担心，回头看了一眼。"

是那个高大的男人射出的箭矢。好在有个抱枕挡住。

他朝电梯厅的方向走去，但是在烦恼到底要不要使用电梯。说不定等电梯的时候，那个男人就追上来了。

"逃生梯在这边，刚才我走过。"纸野结花很会察言观色，带头走了起来。他们得尽快离开，毕竟背后不知何时就会飞来箭矢。

在走廊中途，七尾发现脚下有个东西。是耳机。七尾捡了起来，这应该是刚才在电梯厅跟他打斗的男人掉落的东西。

不知不觉间，前面的纸野结花已经打开了通往逃生梯的门。七尾动作利落地走进去，安静地关上了门。

正准备往楼下走，七尾突然停住了脚步。

"我们应该直接去一楼，还是暂时先去别的楼层躲避呢……"

七尾之前一直惦记着真莉亚那边，一心只想尽快离开酒店。不过他也经常对自己说，越着急就越要保持冷静。

当然，就算冷静地行动了，他还是会倒霉。只不过，如果慌乱地行动，就会给自己留下"当时可能是因为太慌乱了"这种反省之处。如果在深思熟虑之后依旧倒霉，他就放弃挣扎了。为了能一如既往地感叹"我只是太倒霉了"，他必须全力做到最好。这就是七尾在过往的人生中积累起来的经验。

"啊？"要我来决定吗？——纸野结花露出这样的表情。

"如果由我来决定，绝对不会有好事。""怎么会呢？""说来话长，总之还是不要由我来选比较好。"

"呃，楼下应该还有人守株待兔。"纸野结花说着，准备拿下背上的背包。她应该是想用放在里面的手机查看监控画面。

"没时间了，你就用直觉选择一下，往上还是往下。"

说话间，七尾依旧觉得应该去一楼，但他不断劝说自己，焦虑之下的行动只会招致不好的结果。

"刚才那些人应该会认为我们往一楼去了，为的是逃离酒店。"

"原来如此。"

"所以我选择上楼。能够出其不意是最好的。"

"知道了。"七尾转身开始上楼，但是没走几步就停下了脚步，"那你说我们去哪儿好？"

他脑中只想到了一个地方。

1121号房

"瓢虫，不好意思。其实我怀疑过你。"奏田深深陷在沙发里，挠了挠头，"我现在能理解赛利奴第乌斯的心情了。"

"赛什么？"

他们顺着逃生梯回到了1121号房。七尾只能想到这个暂时藏身的地方。

仔细想来，奏田和高良都是可可雇来的保镖。换言之，奏田的工作本来就是帮助纸野结花。

"你的腿没事吧？"保险起见，七尾问了一声。奏田一听，慌忙揉起了脚，并说："还是很痛呢。"他可能忘了到底是哪只脚，所以两只手都在揉。

"其实我有一刻曾经怀疑过，瓢虫会不会违背我们的约定，直接离开酒店。毕竟我刚才看你真的很想离开。"

"我当然想离开。"

"而我只能像《奔跑吧，梅勒斯》里面的赛利奴第乌斯一样，在原地苦苦等待。"

"你除了自我启发的书籍，还会看别的书吗？"

"以前教科书上有这篇文章，所以我看了。不过，真的很对不起，我不该怀疑朋友。"

"我跟你不是朋友。"

"你现在连保镖的工作都帮我做了。"奏田满意地指着纸野结花，"我不该怀疑你的。要不你像梅勒斯那样，揍我一顿吧？"

"不，我不想像任何人那样揍你。"

"啊对了，高良哥呢，还有可可呢？他们要单独行动吗？"

七尾不知该如何解释，但他也只犹豫了一瞬便开口道："他们都死了。"没必要迟疑，毕竟业内人士丧命早已是家常便饭。"是她说的。"他指着纸野结花，但对方抱着抱枕，只是一脸茫然，没有什么反应。

"啊？"奏田的表情僵硬了一瞬。

"他们都死了。"

"高良哥死了？"

七尾解释道，可可在2010号房发现了可能是高良的男性的尸体，后来可可自己也遭遇了袭击。

"可可女士在电话里说，她听见有人来了。"

纸野结花的话语有些哽咽，不知是出于恐惧还是悲伤。她断断续续地说："然后我听到一阵打斗的动静，接着是一对男女告诉他们的同伴，说可可女士死了。"

"高良哥也是被他们弄死的？"

"不清楚。"七尾含糊道。他总不能说高良当着他的面一头撞在桌子上死了。

奏田开始摆弄自己的手机，然后转过屏幕，展示了一张照片。"高良哥长这样。"

"哦，是了。是这张脸。"七尾条件反射地答道。照片里的人正是他在2010号房见到的人。

同时，他内心暗道糟糕。万一奏田问他什么时候见过高良的脸可怎么办。毕竟他刚才说的是可可在2010号房发现了高良的尸体，这样对不上号。

不过奏田似乎顾不上发现七尾话中的矛盾，只"唉"了一声，然后全身卸力，好一会儿都没有动弹。

他顶着一张苍白的脸，抓了几下头发，然后接连吐出好几口气。

"搞什么啊。"他嘀咕道，"难怪联系不上。"

七尾不知如何安慰她，只能做了个手势，像是在说"我理解你"，又像是在说"你随便"。

奏田沉默了一会儿，反复调整着呼吸。他可能在回忆自己跟高良在一起的那几年。七尾想象不出失去合作多年的伙伴什么感觉。不过这两人在过去肯定夺走过不少人的性命，既然如此，那也该对伙伴的死毫无怨言才对。

感觉过了很久，奏田终于低声说："没想到竟是这样的结局。到底是谁干的？"

"反正不是我。"七尾不及细思，已经脱口说出了这句话，还连连摆手。

我当然知道——奏田瞥了他一眼，长叹一声，抬手指向纸野结花。"可可是准备帮你逃走，对吧？而追杀你的人干掉了可可和高良哥，是这样吗？"

"六人组。"纸野结花到现在还接受不了自己所处的现实，有点恍惚地喃喃道，"可可女士说他们是六人组。用吹箭的六人组。"

七尾察觉到奏田的脸色变黑了。"你知道那帮人？"

"你说的六人组是个大麻烦。原来是他们啊。"

"他们很厉害？"

"你知道江户吗？"

"江户？是个人名？"

"我说瓢虫啊，刚才也说过了，你还是关心一下自己的行业比较好。江户是个三十五岁左右的业内人士，本来一直独自接单，最爱折磨自己的目标，是个不折不扣的虐待狂。现在他又招揽了五个比自己小的人一起干活，使用的武器是吹箭。"

"他们用的确实是吹箭。"跟他在电梯厅打斗的男人，还有摸进525号房的一男一女都用吹箭攻击。七尾一点都不卖弄地描述了当时的场景。

"高良哥之前说过，如果是刀枪反倒更容易防备，神出鬼没的吹箭最难防了。"奏田说完，又咬牙切齿地加了一句，"高良哥真的很博学。"

"我不知道他们什么时候发射的吹箭，反正意识到时，身后已经传来了刺中的响动。等我感觉到吹箭过来时，箭已经飞过去了。"

"对，就是那种感觉。"

"什么？"

"光阴似箭。"

七尾不知如何回应。

"不过你这都能平安无事，不愧是瓢虫啊。"

"哪来的不愧,我可是拼了老命了。在生死攸关的时候,我只能尽力而为。"

"你不是已经干掉三个人了吗?"

"不,有两个还活着。刚才我们只顾着逃出525号房了。"

"你第一个干掉的应该是镰仓。他很年轻,长得很英俊,身材瘦高。追到525号房的是一男一女,身材都很高大,我猜应该是战国和奈良。"

"你还挺了解的。"

"因为高良哥要我记住业内人士的长相和名字。"奏田耸了耸肩,突然笑了笑。

七尾问:"怎么了?"

"我想起跟高良哥的对话了。我们在一起十年,做了不少事情,可我不知为什么突然想起了他跟我说的狛犬。特别可笑。"

"狛犬?神社里面那种?"

"没错。高良哥说,左边的是狛犬,摆出了'吽'的嘴型,就是阿吽那个吽。右边的其实是张开嘴的狮子。不过二者都很可爱。"

"原来不是两只狛犬啊。"

"有的地方是两只狛犬,有的地方是狛犬和狮子。高良哥特别喜欢看狛犬和狮子。"

"去神社看?"

"对呀。他还一本正经地问我喜欢狛犬和狮子背对鸟居朝向大门,还是喜欢狛犬和狮子面对面。"

说到这里,奏田用双手摆出动物嘴巴的造型,先让二者相对,然后转向了七尾。

"好像是有这两种朝向。"七尾回忆起了两种朝向的雕像。

"高良哥当时的表情太认真了,我还以为他在为什么发愁呢,结果竟然是因为那个。我忍不住笑了。于是我说,两种都好可爱,实在选不出来。没想到高良哥死后,我最先想起的竟然是这件事。"奏田说完,又陷入了沉默,还抬手擦了擦眼角。

好一会儿都没有人说话,室内安静得能听见秒针跳动的声音。

失去了高良的奏田和失去了可可的纸野结花分别坐在两侧,被夹在中间的七尾实在不知该如何是好。他漫不经心地想,是不是自己也该失去什么重要的人才对。只是他实在装不出肃穆的表情。

"算了,总会有这么一天的。"奏田自言自语般说道,"高良哥以前也说了,我们得罪了很多人,将来就算被干掉了也是活该,需要做好心理准备。我记得还有这样一本书,叫《善恶终有报》。"

七尾不禁怀疑,奏田是不是只看书的标题。"嗯,也许有点道理吧。"七尾把手揣进兜里,指尖触碰到一个东西。他掏出来一看,原来是镰仓掉落的耳麦。

"那是什么?"奏田眼尖地看见了。

"六人组之一戴在耳朵上的东西。应该是用来互相联系的。"他把耳麦放到耳边听了一会儿,没有声音,随即意识到,电源没打开。"用这个能听到他们说话吗?"

"好主意。"

七尾打开电源,放到耳边。为了防止对方听到这边的动静,他闭着嘴,刻意放缓了呼吸。

🎲 1121号房

"平安,还没找到那几个人在哪儿吗?"七尾的耳麦里传出了男人的声音。

他竖起食指,看着奏田和纸野结花,示意他们保持安静。

"我正在回看监控录像。纸野结花和那个男人在五楼走廊出现过。"

"那个男人是谁?战国和奈良应该在房间里看见他的脸了吧。"

"时间太短了,没看清。不过想必不是普通人。我觉得那张脸很眼熟,好像在哪里见过。"

"奈良没事吧?"

"怎么可能没事。我被人狠狠砸了脑袋,还被浇了开水,都烫伤了。"

"你们最好处理一下伤口。"

"江户先生,你开玩笑的吧?我说怎么可能没事,是指现在很生气,非常生气。我吃了这么大的苦头,怎么能就此退场呢。我一定要报复回去,先让他无法行动,再往他脸上泼开水。不然我这气消不了。"

听到这句话,七尾不由得皱起了眉。

"平安,你好好检查出入口,我绝不放过他们。"

"不用你说我也会查。他们想出去,只能走一楼的正门和两个后门。我已经查过监控录像了,纸野结花没有出现在那些地方。他们肯定还在酒店里。"

"不用派人守着出入口吗?万一他们硬闯出去,就算有平安在监视,也没意义吧。我觉得还是得分些人手过去。"

"不,战国你们就在酒店内部搜查。一直守在门口不是上策,而且浪费人手,不是吗?"

"那江户先生打算怎么办,就不怕他们跑了吗?"

"别担心，我已经叫人来守着出入口了。"

"叫人？什么意思？"

"啊，我在酒店门口的监控摄像头里看到了。来了好多人，江户说的就是他们吗？那些都是来看门的？"

"都是一叫就能来的业内人士，没什么本事，但总比什么都没有好。至少能堵住出口拖延时间。"

"希望小喽啰们能派上用场吧。"

"平安，你能通过监控录像看到帮助纸野结花的那个男人的长相吗？我要发给看门的人。"

七尾听见这句话，摸了摸自己的脸。

"明白。我把刚才的画面拍下来，发到共享信息里。"

"保险起见，你再给乾发一条。如果那人是业内人士，他也许认识。好了，现在出口已经有人看守，战国、奈良和飞鸟，你们去把躲藏在酒店内的纸野结花找出来。"

"我好像在哪儿见过那个男人。"

"战国，你快仔细想想。"

耳麦内传来一阵轻快的铃声，应该是有人手机收到了信息。

"我们不可能真的一间间房去找，平安你快找找线索。就算他们走了逃生梯，应该也会被拍到吧。只要能搞清楚具体的楼层，我们就有搜查方向了。"

"这酒店的摄像头太多了，我得一边看实时画面一边找录像，有点花时间。"

"顺便问一句，镰仓的尸体怎么处理？"

"战国，你先把镰仓放到525号房。我准备让乾找人过来善后。"

"那当然没问题。"

"顺便拍张照片。"

"拍镰仓的?"

"这边也需要他死亡后的面容。"

"原来如此，明白了。"

"那我该做什么?"

"飞鸟还在2010号房吗?"

"对。可可的尸体就这么放着不管了?"

"我想想，那个也交给乾处理吧。"

耳麦里又传出了收到信息的铃声。应该是那几个人的手机。

"哦，对了。我刚才把可可的尸体搬进浴室，发现里面还有一个人。"

"还有一个人?谁啊?"

"应该说还有一具。是个不认识的男人，已经死了。"

"真麻烦。"

"是可可干的吗?"

"有可能。但也有可能是保护纸野结花的人。"

"是不是入住这家酒店的人都会死啊?"

他们说的应该是高良的尸体。七尾瞥了一眼奏田。耳麦里又传出了手机铃声。

"飞鸟，你把2010号房简单收拾一下，然后去五楼跟他们会合。"

"好好好，知道啦。"

七尾摘下耳麦，像对待精密仪器一样小心翼翼地关掉了电源。

"怎么样?他们说什么?"奏田问。

"他们都很生气。"

"那可以理解，毕竟因为瓢虫，六人组变成了五人组啊。"

然后,七尾说出了他在耳麦里听到的对话。变成了五人的六人组从外面叫来了守门人,现在出口都被堵住了。

纸野结花脸上没有了血色。七尾有点想说如果不舒服可以在沙发上躺一会儿,但又感觉自己没必要那么贴心。

"他们正在某个地方检查监控录像,我们应该利用这一点。能让我看看酒店的监控画面吗?"七尾对纸野结花说。

"啊,好的。"纸野结花浑身一震,像是从混沌中清醒过来,点了几下手机。七尾正要凑过去看屏幕,就见奏田也凑了过来。

"后门好像真的有人看守,正门也是。"

门口的摄像头拍到了一群身穿运动服的人。他们把包放在离门童有一段距离的地方,站着没有动。

"会不会是普通的房客啊?"纸野结花似乎不太愿意相信,还在做最后的挣扎。

"有可能。但也可能是那边喊来的小喽啰。"

"小喽啰?"

七尾说这是一个女人在耳麦里说出的戏称。

"真讨厌。"奏田喃喃道。

七尾看向他。"真讨厌?"

"会说出这种话的人都觉得自己是大人物呗。"

"有道理。"

"那种人恐怕只有通过跟别人攀比才能感受到快乐吧。"奏田噘着嘴说。

"什么意思?"纸野结花问。

"没有什么意思,就是这个意思。之前我问过高良哥:'你有没有嫉妒或者羡慕过什么人?'因为我就经常羡慕嫉妒别人。比如看到厉害的运动员,就想变得跟他一样,也会特别沮丧,觉得自己永远变不成那样的人。我还以为高良哥也一样,可是他想也没想就说:'没有。一次都没有过。'"

秦田惊讶地提高了音量:"你从来不会羡慕别人吗?"高良听得一脸呆滞,反问道:"梅树为什么要羡慕旁边的苹果树?"然后他又说,"梅树只需当好梅树,苹果树也当好苹果树就行了。为什么要跟玫瑰花比较呢?"

七尾很想说他已经跑题了,不过也忍不住细细咀嚼起秦田口中转述的高良说过的话。七尾曾无数次痛恨自己的霉运,无数次羡慕别人的人生。不过他从未梦想过走别人的人生道路,过安稳的日常生活。

苹果树只需当好苹果树,为何要阻止玫瑰开花呢?那句话在七尾脑中不停回荡。

纸野结花也是一脸沉思的表情,不过秦田好像并不在意他们的反应,很快就换了个话题。"哦,话说回来,最近的电梯都可以不让等待的人看见轿厢的实时位置了。你们知道吗?"

虽然不清楚这句话的意图何在,不过温顿皇宫酒店的电梯厅的确看不到轿厢所在的楼层,甚至没有显示楼层的面板。

"那好像是避免客人感到烦躁的设计哦。"

"烦躁?"七尾有点意外。明确知道电梯的位置才能预测到达时间,这样反倒会减轻烦躁吧。

"其实电梯并不是按顺序接人的。有时为了更有效率地运行,会直接跳过一些楼层。对于等电梯的人来说,看见电梯经过自己的楼层却没有停下来,肯定很气人吧。"

"原来如此。"

"所以才有了不显示实时位置的设计。如果看不见实时位置,外面的人就不会知道轿厢没有停靠。对于等电梯的人来说,只要看不见，有没有停靠就不重要了。哦，好像还有个类似的理论吧？我记得高良哥以前跟我说过。"

"理论？"

"应该是量子力学理论，说什么物体的位置在观测之前是始终不确定的，又好像是物体的状态在观测之前是不确定的，反正都一样。只要无法观测电梯的位置，它在哪里就不重要了。"

"你还懂得这么复杂的理论啊。"七尾感叹道。

"因为高良哥给我讲过什么猫的故事。"

"什么猫？"

"量子力学里的猫，你没听过吗？你呢？"奏田看向纸野结花。

"嗯……你是说薛定谔的猫吗？"

"对对，就是那个。"

"那是一个比喻手法吧。在观测之前，猫的状态是不确定的。"

"高良哥就是这么说的。在观测之前，猫的状态不确定。虽然我一点都听不懂。不过答案其实很明显吧。"

"答案？什么很明显？"

"不管是观测的时候还是没有观测的时候，猫都很可爱啊。"

"呃。"纸野结花有点语塞。

"啊……"七尾也有点转不过弯来。

"不用讨论，也不用观测，反正就是很可爱。"奏田颇为自得地点了点头，"薛定谔先生恐怕不知道吧，就算不观测，猫也是一直这么可爱的。"

"刚才在聊什么来着？"七尾忍不住开了口。什么观测不观测的。就在这时，他脑中灵光一闪。"要不，试试用工作人员的电梯如何？"

"啊？"

"工作人员的电梯会不会比普通电梯更不容易暴露？"相比房客用的电梯，工作人员的电梯应该没有严密的监控，那不就是无法观测吗？

"的确是个好主意。不过工作人员的电梯在工作区，需要用IC卡刷开走廊上的工作人员通道才能进去。"

"哦，这样啊。"七尾拔高声音，看向纸野结花，"可可去2010号房就是为了拿那个，不是吗？"

纸野结花点点头。估计是想起了刚才跟可可的对话，她的眼眶又湿润了。

"高良哥带了IC卡。他准备得可周全了，总是走一步想三步。"

只可惜，他没算到自己会因为摔了一跤而死去。七尾想起高良临终时的场景，心里很是愧疚。无论准备得多么周全，人总是避不开意外事故。

"我这块表也是高良哥的主意。"奏田又露出了他的高级腕表。

七尾想起高良也戴了块差不多的表，不禁问道："一个能说出苹果树只需做好苹果树的人，为什么会买那种奢侈手表？"

奏田摊开双手。"我买表是为了炫耀，高良哥应该是为了陪我玩吧。他说他也喜欢这个设计。我们有那么多钱，说不定他也想试试买奢侈品呢。结果买了这么高级的手表，我却不觉得有多开心。"

"你说的主意是？"

"在被人包围的时候有妙用。"

"这手表能派上用场？"

难道是用之前的手表换自己一条生路？七尾这样想着，也这样问了。

"对对对，"奏田笑着点点头，"这种高级腕表的优点之一，就是贪心的人都想要。"

"还能这样吗？"

"当然也有别的用途。"

听完奏田后面的解释，七尾无奈地抬头看向天花板。真有那种好事吗？同时，他也想确认一下上面的2010号房在什么位置。"我们也可以去拿IC卡吧。"

"那间房里不会有人吗？"纸野结花怯怯地说。她的声音有点发抖，应该是不想重蹈覆辙。

"刚才听他们说，一个叫飞鸟的女人守着2010号房，不过她马上要去525号房了。"

"说不定这真是个好机会？"奏田说。

"不。"七尾突然意识到一件很重要的事，"仔细想想，我们去2010号房，还是有可能被发现的。因为外面有监控摄像头。"

他甚至觉得，没必要为了使用员工电梯而冒这么大的风险。

这时，奏田站了起来。七尾疑惑地看着他，就见他说："我应该能去。"

"什么意思？"

"你们两个的长相都暴露了，一旦出现在监控画面中，就会引来追杀。但我还没有暴露，不是吗？所以我可以去2010号房取IC卡。可以说，我一直藏在房间里，就是为了这一刻。"

"原来如此。"七尾了然地点点头，"话虽如此，这么做还是有危险的。就算你可能比我们强一些，但并不是完全没有被盯上的可能。"

"就算被盯上了,我也可以随机应变啊。而且这还是我为高良哥报仇的好机会呢。"

高良不是被六人组弄死的,而是自己磕到房间的大理石桌角死的。不过,七尾没有多嘴。

蓬 二楼餐厅

"这是香煎翎鲳,底下搭配了根芹浓浆,请混合品尝。"服务生又端来了一道鱼料理。

等服务生离开,蓬长官再次开口道:"你紧张吗?我现在连呼吸都害怕。"

池尾暗生警惕,以为他察觉到了危险,又忍不住环视四周。餐厅内部很宽敞,其他客人都坐在较远的座位上。

"介绍料理就像一场神圣的仪式,我们应该认真倾听哦。"蓬长官笑着说。

"啊,您是说介绍料理吗?"

"之前,我有一次把总理叫成了'料理'。"

"怎么会这样啊。"

紧张的气氛明显缓和下来了。

蓬长官拿起刀叉,池尾也随之动作,用餐刀切开了松软的鱼肉。

"我调查过三年前夺走了您家人性命的那场事故。在这里提起这件事也许不太合适,但是外面有传言说那并不是偶发事故,而是一场阴谋。"

池尾小心翼翼地看了一眼蓬长官。对方的表情并没有阴沉下来,想必他也听过那个传闻。

池尾能感觉到蓬长官已经上钩了。"那起事故的原因是司机酒驾。"

"是这样的。"蓬长官的语气有些重。他平时总是一副云淡风轻的模样，仿佛看淡了一切。现在看来，他也许只是在极力压抑自己的情绪。池尾不禁有些期待，接下来说不定能听到蓬长官说出真心话。"我不能原谅那个司机的肇事行为，同样不能原谅他就这么死了。"

池尾点点头，用餐叉捞起盘子里剩下的鱼肉，送入口中。他冷静地看着自己轻轻颤抖的手，开口道："我有个朋友在事故发生前看见过那个司机。而他是最近才意识到这点的。"

"啊？"蓬长官诧异道。

很好——池尾心想，提供新信息的人容易得到重用。

"当时我朋友就在事故现场前方数百米的地方，出事前他正好在用手机拍摄一块挺有意思的招牌。最近，他发现那张照片里还有一辆车。"

"你是说……"蓬长官凑近了一些，显然是探出了身子，"是那辆车吗？"

他的语气仿佛在说：那辆转眼之间夺走了我家人的可恨的车。

"当时那辆车停靠在路边。"

池尾点击几下手机，找出了那张照片，转过去给蓬长官看。"这是我朋友发来的。"

蓬长官指着照片说："人行道上的那个人就是……"

"没错。"池尾察觉到自己提高了音量。他很想说，自己就是为这件事来的。照片里有个体型健壮的男人，站在一辆车旁边。肇事车是一辆进口车，驾驶席在车辆左侧，所以那个人看起来正在跟司机交谈。"这个人可能跟事故没有关系，可能单纯是路过时碰到了认识的人。而且司机是酒后驾驶，这二人也可能是在为别的事争吵。"

"不过，他也可能跟事故有关。"蓬长官冷着脸说，"你是这个意思吗？"

"没错。而且我在这个地点附近找到了一个设有监控摄像头的店铺，就是前方不远处的酒铺。于是我就去请求店里的人查看监控录像。"

"嗯。"

"他们说摄像头坏了。"

"什么？"

"说摄像头坏了。老板平时不怎么在意那个摄像头，所以不清楚具体是什么时候坏掉的。总之，他们没有录像。"

"可以猜测，这背后有人在做局？"

池尾点点头。

所以，事故真的有可能是一场阴谋。即使池尾不说，蓬长官也领悟到了。

1121号房

纸野结花调整着自己的呼吸。她记得可可说,深呼吸和拉伸其实很有效果。然而那仿佛是很久以前的事情了。

"要不要坐下休息?"七尾嘴上这么说着,实际却无法保持不动。

"不过,我还是挺感激的。"

"我做这个又不是因为心善,只是因为我也想离开。"

"哦,不是,我是说刚才那个人。他叫奏田先生是吗?"

"哦,你说他啊。"七尾立刻回答,"的确挺感谢他的。真没想到他会自告奋勇去拿员工IC卡。"

"他是个好人呢。"

七尾露出困惑的表情。"呃,既然在这个行业工作,那他肯定不是好人。我和奏田,包括你请来的可可,做的都是涉及违法和暴力的工作,跟好人没关系。"

"怎么会呢。"

然后,纸野结花垂眼看向自己的手机。手机上显示着酒店内的监控画面,只不过电量已经所剩无几。她把这件事说了出来,七尾开始翻找奏田的行李。"也不知道他带没带充电器。"

纸野结花一直在劝说自己什么都不要想。不要想可可,不要想一旦被乾抓住会怎么样,也不要去想那个令人恶心的传闻。一旦开始思考,她的精神很可能会崩溃。所以她命令自己不能深思,任何思考都要停留在表面。求求你,不要想。

监控画面分成了许多小格,左上角是二十楼的电梯厅,旁边是纸野结花他们刚才待过的五楼走廊的情况,这些都被她设置成了固定显示。

"奏田先生到达二十楼了。我在监控画面里看到了。"

同时,纸野结花的手机收到了一条信息。奏田告诉她:"我到二十楼了。"

"还挺讲规矩的。"

"其实他大可以丢下我们离开酒店,现在却遵守约定去了二十楼。他真的很好。"

"那本来也是他的工作嘛。我只是个被卷进来的无辜人士。"七尾看了一眼手表,然后皱了皱眉,"话说回来,你为什么会被六人组追杀?"

从刚才在五楼电梯里碰面后,他们就忙于在525号房和1121号房之间逃窜。七尾直到现在才想起来,他好像并不知道其中缘由。这女人竟然生拉硬拽着自己走到了这一步,想来她这辈子都没有这么厚脸皮地依赖过什么人吧。

"我不是被六人组追杀,而是被乾先生追杀。是他雇了六人组。"

"乾?"七尾盯着天花板看了好一会儿,仿佛在努力挖掘记忆边缘的信息。纸野结花看着,不由得十分羡慕。因为她只要记住了,就能立刻想起来。甚至那些她不愿意回想的东西,也都一直盘踞在脑中,从不消散。

"你知道乾先生吗?我之前在他那里工作,比较擅长记忆。"

"记忆?"

"就是我的记忆力比平常人更厉害,几乎能记住所有东西。"

七尾目不转睛地看着她。

"而我把与乾先生工作相关的信息全部记下来了。"

"比如?"

"银行账号、卡号、邮箱地址、消息内容,他给我看过的,我全部都记住了。"

"真的?"

"真的。"

"好厉害啊。"

"我特别痛苦。"

"我猜也是,你肯定特别痛苦。"

纸野结花有点震惊。她跟别人聊起自己记性好的话题时,大多数人都会羡慕她。

"哦,我不是说能理解你有多痛苦,因为我不愿意想象别人的痛苦。只不过,我自己就有很多想要忘却的事情。一想到有可能永远忘不掉以前的失败和倒霉,我就毛骨悚然。"

略显夸张地说,纸野结花被感动了。她觉得七尾理解了她人生中的痛苦。

"总之,你就是因为记性太好,才被乾到处搜寻吗?"七尾并不想知道太具体的情况,所以没有问。反正只要知道是怎么回事就行,别的不重要。"然后乾就派了六人组?"

"是的。我刚入住这个温顿皇宫酒店,跟可可女士碰了头。"

她有点惊诧,因为她感觉这些记忆已经非常久远,实际却没过多少时间。现在她觉得温顿皇宫酒店这个"想死都死不了的酒店"名号多少有点讽刺了。因为她在这里遇到了一次又一次的意外危险,一直在拼命想办法活下来。

"竟然被那几个玩吹箭的业内人士追杀，你也真够命苦的。"

七尾的话语中带着几分同情。

"我这辈子挺想中一次大奖的。"

"啊？"七尾看了过来。

"就是老虎机上三个'7'的大奖。"

"你想中那个啊。"

"某个人曾说，他小的时候，父亲给他买了台玩具老虎机。可他拉了无数次把手，都没有抽到大奖。因为怎么都抽不到，他对父亲说：'我运气这么差，不会有什么问题吧？'他甚至担心起了自己和父亲的人生。"

——怎么会有这种事啊。爸爸，我们会不会倒大霉啊？

——放心吧，你不需要把运气用在这种事情上。

"我感同身受，特别能理解那小孩的心情。"

七尾的反应比她想象的还要真情实意，纸野结花有点惊讶地问："真的吗？"

"真的，痛彻心扉。不过，你干吗讲这个故事？"

"就是想起来了。我这辈子别说中大奖，好像连一个'7'都没有抽到过。"

就像是不停地拉动根本没有大奖的故障老虎机。

"那我的人生更像是想玩老虎机，但是一拉把手就断了。"

"你很不走运吗？"

"倒霉到我订的起司蛋糕上撒着七味辣椒粉都不足为奇的程度。"

"起司蛋糕和七味辣椒粉其实很搭哦。"纸野结花忍不住说。

七尾愣住了。

"跟柚子胡椒也很搭。"

七尾皱起了眉。"难说吧。我得亲自尝过才知道，但我只要原味就足够了。"

"你还是应该试试的。"

"有机会再说吧。"七尾说完又问，"现在几点？"

纸野结花回答完，叹了口气。

"你有什么事吗？"她自己都觉得这是个蠢问题，毕竟是她不顾对方的意愿，只用一句"请帮帮我"就拽着他到处跑。

"我要是说有事，你会放我走吗？"七尾说完，长叹了一声，"我都已经被卷进来了，自然不指望能马上离开。"

"不好意思。"纸野结花只能道歉，"没想到事情竟然变成这样。"

"啊。"

七尾突然想到了什么，吓得纸野结花浑身一震。

"你刚才说，乾那些工作相关的信息都在你脑子里，对吧？"

"是的。"

"那你知道真莉亚的联系方式吗？"

"啊？"

"哦，我有个工作上的伙伴叫真莉亚，准确来说，是她负责接任务，然后派给我。不对，也许应该说她到处乱接工作，然后塞给我。"七尾说得如此复杂，不是为了确保正确性，而是在重新审视自己跟真莉亚的关系，"既然是同行，乾可能也跟真莉亚有工作上的来往。所以我猜，你应该记住了她的联系方式。"

"我这边确实有真莉亚小姐的联系方式，但不确定是不是你说的那个人。"话音刚落，她已经想起了那串邮箱地址。

七尾猛拍一下手，声音之大连他自己都被吓了一跳。"那你快告诉我吧。不对，我要麻烦你用手机给她发个信息，因为我的手机坏掉了。"

然后七尾解释道,真莉亚马上要去的剧场可能有埋伏,想把这个危险告诉她。

他看着不像在说谎,而且也没有说谎的理由。回过神时,纸野结花已经拿着手机,按照记忆输入了邮箱地址。

"啊,可以吗?"七尾的语气有些意外,让纸野结花不由得困惑起来。

"不能发吗?"她慌忙停下了动作。

"不是。我只是在想,如果换成我自己,肯定会先提条件,让对方帮助我。我没想到你这么快就答应了。"

"哦。"纸野结花点点头,她根本没想到还可以拿这件事来做交易,"你说的有道理。"

"倒也不是非要这么做。"七尾有点急了,飞快地摆着手。

"没关系。毕竟事关人命,还是赶快联系上比较好。"纸野结花毫不犹豫地编辑完信息,发送出去,"希望她能看到吧。"

那真是太感谢了——七尾面上惊诧不减,双手合十感谢道。

"只是件小事,不需要感谢我。"纸野结花说。

"哪里,你真的帮了我大忙。"七尾一脸认真地说道。

纸野结花有点羞涩地重新看向手机屏幕,随即尖叫一声。

"啊,怎么了?"七尾有点担心地凑过去。

画面上有一男一女,正走过五楼的走廊。"刚才的那两个人开始移动了。"

"什么?"

"我看见他们走出房间了。"

七尾凑近屏幕,一脸为难。"等等。他们往哪边走了?"

他拿出耳麦塞进耳中,想听听六人组怎么说。仔细听了一会儿，他又摘掉了耳麦。"那边没说什么行动，好像还没找到我们在几楼。"

"可是他们刚才真的从镜头前一闪而过了。这是五楼电梯厅的画面。"

七尾凑过去看了一眼。"的确是刚才那两个人。好像叫战国和奈良来着。"

"他们要去楼下集合吗？"

"如果是上楼，那么很可能会来这里。"

由于屏幕很小，他们看不见是上楼还是下楼的键亮了灯。

"糟糕了。"七尾喃喃道。

"怎么了？"

"早知道刚才就不去拿什么ＩＣ卡，把奏田留下来充当战斗力了。"

"现在怎么办？"

"只能祈祷他们不会找到这里来。"

"可是如果这个房间暴露了，那是怎么暴露的？"

"应该是他们检查监控录像，看见你和我到了十一楼。"

"你刚才偷听他们的对话，不是没有提到这件事吗？"

七尾表情严肃地点了点头。"然后我就掉以轻心了，是我太天真。"

"难道他们是故意的？"

"他们可能察觉到我在偷听，所以嘴上说着无关紧要的话，实际用手机发信息进行交流。只可惜，我现在才意识到问题。"七尾不甘心地说，"刚才我确实听见很多信息送达的铃声。我太大意了。"

纸野结花明显感觉到自己心跳如雷。

那两个人又要过来了吗？想起525号房发生的事情，她就觉得胸闷。她按照七尾的吩咐躲藏起来，等待对方进屋。那一刻，紧张和恐惧几乎撑爆了她的身体。即使在奔跑着逃走的时候，她也双腿发软，不听使唤。

还要再来一次吗？

光是想想，她就要晕过去了。上次虽然勉强逃过，但下一次还能这么顺利吗？

"怎么办？"七尾说。他应该不是在问她，而是在自问。

纸野结花知道七尾很有能耐。

刚才在525号房，他虽然慌乱，还是有条不紊地烧了开水，并贴着地面设置了绊脚绳，然后还在洗手间四处寻找能用来投掷的东西，最后找到了吹风机，甚至抛了两下试试效果。七尾一直在极力挽救紧张得无法思考的纸野结花。正如可可所言，依靠这个人，说不定能得救。

然而，危险来得太频繁了，对手人数也太多，他们不一定能成功逃脱。想到万一失败了，自己将会面临什么样的局面，她就有点站立不稳。怎么办，怎么办。脑内的警钟长鸣不止。

房间外面有了动静。

纸野结花又尖叫一声。她以为那些人要故技重施打开房门了。但她好像想错了，那是别的房间传来的动静。

七尾不知何时到了门口，透过猫眼观察着走廊上的情况。"要不要赌一把？"

"啊？"

"对面的房间走出来五个人。我刚才见过他们，看着像是几个老同学相约来旅行的，现在想必是要出门了。他们应该会乘坐电梯，我们可以混进去。"

"混进去？"如果是几十人倒还行，外面只有五个人，能遮掩住他们吗？"那还是走楼梯比较好。"

"为什么？"

"因为电梯空间很小，没有地方可逃。"要是那些人也上了电梯，那就完蛋了。

"楼梯也一样。我一个人倒还好，带上你就被限制了行动。我们的对手最擅长使用远程武器，就算地方再大……不对，反倒是宽敞的地方对他们更有利。"

"可是万一他们进了同一台电梯呢？"在这么近的距离遭到袭击，谁能躲得过？

"电梯里有别人，他们不会贸然发动攻击，因为容易误伤。"七尾飞快地说，"而且走楼梯太花时间了。拖得时间越长，就越容易出意外。"

"意外？我们要不要联系奏田先生？"

"没时间了，赶紧走吧。我们混进去，跟他们一起下楼。"

"好。"纸野结花应了一声。

这时七尾突然问："刚才那些话，你怎么想？"

"什么话？"

"苹果树只要做好苹果树就行。"

"哦。"纸野结花的表情缓和了几分。因为超强的记忆力，也因为并不顺利的人生，她当然羡慕过别人。她也会想，为什么只有我那么倒霉，如果我再好看一些，会不会有更多人愿意救我？

"一旦开始跟别人比较，不幸就会降临。"

* * *

五 2010号房

"那男的到达二十楼了。他瘦瘦高高,一头鬈发,穿蓝色西装。我看应该不是帮纸野结花逃跑,还杀了镰仓的人。他朝飞鸟所在的2010号房走过去了,我就通知一声。"

平安发来消息时,飞鸟正躺在2010号房的床上,百无聊赖地看着酒店的客房服务菜单。

她已经把可可的尸体搬进浴室,还给浴缸里那个男人的尸体拍了照片发送给江户。江户回复道:"如果那人带了行李,你搜一搜。"虽然有点嫌麻烦,但她还是去开了箱子。只不过那个行李箱上了锁,她也就懒得动了。

她不想一个人待着,便提出要去525号房,但是江户通过信息下了指令,叫她原地待命一会儿。

唉,麻烦死了。飞鸟唉声叹气。用信息交流很麻烦,而且还有延时。既然大家都戴了耳麦,她当然更愿意直接说话。

"镰仓的耳麦有可能被拿走。"首先发现问题的是江户。他立刻用信息联系了所有人。"我们保持对话,但是要假定有人在偷听。语音对话充当伪装,改用信息进行真实交流。"

还要做这种麻烦事?飞鸟简直要烦死了,但她没少因为江户的周密安排捡回一条命,所以只能照做。

她缓缓撑起身子。

有人敲门。

不会吧?飞鸟移动到卧床后方,压低了身体,双眼一直盯着房门。从这个角度不好瞄准,于是她又在床上滚了一圈,移动到沙发后面探出头。很好,房门终于在视野正前方了。

她拿起手机给所有人发信息:"有人要进房间了。"接着又从兜里掏出吹筒。

里面还装着麻醉针。因为不确定对方的身份,她不能直接将其杀死,只需要控制住就行。

她含住吹筒做好发射准备。门开了,一个男人在外面说:"嗯?"想必是没料到房门没上锁。

飞鸟瞄准门口,一动不动,宛如锁定目标的狙击手。万一对方在衣服里夹了东西,吹箭可能刺不进去,所以最好能击中脖子,或者头部。飞鸟想象着男性的身高,调整了角度。

门把手转动,房门被推开。她已经做好准备,看见人影立刻发射。可是,对方迟迟没有现出身形。房门开了一条缝,然后就没了动静。那个人没有走进来,下一刻,他又关上了门。

这样看起来,就像是有人开关了一下房门,但没有进屋。

但她错了。

开门的人压低了身子,从门缝里爬了进来。

他的动作酷似蜘蛛,诡异又滑稽。飞鸟发现时很是震惊,一时间竟没有任何反应。

那人趴在地上,手脚并用地爬了过来。

飞鸟终于发射了吹箭。对方似乎料到她会有此举动,往旁边打了个滚。他的四肢非常修长。

再次吹气,箭矢刺中了男人旁边的地板。她"啧"了一声,重新含住吹筒。

但是距离太近了。男人已经近在咫尺。飞鸟用力一蹬,侧翻着越过沙发。男人很高,朝这边扑了过来。

飞鸟往旁边一闪,撞到了桌子,但是顾不上喊痛。

她不自觉地抱怨道:"搞什么啊。"

"飞鸟,怎么了?"耳麦里传来声音,应该是战国,"你在哪里？"

"刚才的那个房间。"她飞快地回答,"跟男人打起来了。"

"什么人？"

"业内人士？"

"瘦瘦高高的，动作很敏捷。一头卷发，蓝色西装。"

"看吧，那就是我在监控画面里看见的人。"

现在不是吹嘘的时候。

男人又扑了过来。近身战不宜使用吹箭。飞鸟收起吹筒，拿起箭矢向男人刺去。那是涂了致死量神经毒素的吹箭。男人的动作显然比寻常人敏捷许多，她不能马虎。

她一把拽倒了桌子，然后纵身一跃上了床。接着，她转身确定男人的位置，准备投掷箭矢，却看见那人已经朝她冲了过来，只好膝盖一弯，借着弹簧的力双腿蹬了过去。因为力道很大，男人向后仰倒，背部狠狠砸在桌子上，痛得发出呼叫声。同时，桌子被砸坏了。

飞鸟迅速跳起身下了床，右手抓着箭矢，迅速推断出男人的位置，投掷出去。

她看见箭矢刺中了正在爬起身的男人的胸口。飞鸟脑中亮起了代表胜利的感叹号。

虽然她没有立刻放松警惕，但还是感到身子猛地一晃。飞鸟只觉眼前一黑，想必是因为头部受到了撞击。那个人用尽全力朝她扑了过来。飞鸟向后一摔，撞上了墙壁。

她气得浑身冒火。

岂有此理。飞鸟立刻站了起来。手臂和背部传来阵阵剧痛。

你对我做了这些事，就不怕要付出代价吗？她在脑中恶狠狠地说着。

神经毒素应该遍及全身了。

然而，男人没有口吐白沫，甚至还好好地站着。

应该继续追击，还是保持安全距离？飞鸟犹豫着，就见一个东西朝自己飞了过来。

她条件反射地接过，顿时冷汗直冒，担心这是什么危险物品。但仔细一看，那竟是个细长的六角布袋，上面绣着"心想事成"。

"千万别打开。"男人话音未落，就开始浑身震颤，进入痉挛状态，随即轰然倒地。

飞鸟长出了一口气，嘀咕道："你不让我做，我非要做。"于是她解开护身符的细绳，打开了布袋。只听见一声轻微的炸响，飞鸟脸上一阵灼热，霎时间又有了刚才被泼开水的感觉。下一刻，飞鸟就失去了意识。

布 1720号房

枕头和毛毯乘坐员工电梯到达十七楼，推着有一个人重的布草车来到了客房区的走廊上。关上员工区大门后，她们走向指定的房间。

这次要去的是西侧最角落的房间。枕头敲了敲门，无人应答。她又敲了一遍，还是没有反应。于是毛毯从她身后踏出一步，按了门铃。

虽然早已猜到不会有人出来，但还是小心为妙。二人等了一会儿，依旧没有人来。

枕头用门卡刷开房门，走了进去。

"这间房好大啊，还有两个小房间呢。"

她们推着布草车走进室内,大喝一声抬出了里面的男人。

那人双手和双脚被束缚,脸上随意地缠了一圈毛巾。

"放哪儿?"枕头看了看周围,"有什么好地方吗?"

"房门口应该不太好吧。"

"怎么不太好?"

"小蓬走进来可能会吓一跳啊。我可不想让他生气地说:'这是谁干的!简直找死!'"

"你跟他说,你抓住了企图暗杀他的人,他说不定会夸你呢。"

"那得看乾会不会告诉小蓬了。"

"要不捆在桌子边?这样更有'被抓住'的感觉。"

被放在地上的男人挣扎了一下,像是在反对她们把自己捆起来。

"要不把他放在屋里的床上吧。"

"小蓬会不会说:'你们怎么能让试图谋杀我的人睡在软乎乎的床上,太不像话了!'"

"应该不会吧。"

"不过啊,真没想到我们还能接到跟小蓬有关的工作。"

毛毯与枕头合力,也许还要加上那个男人,三人配合着,让他躺在了床上。

中间还发生过应该仰躺还是趴着的讨论,最后决定让男人趴着。

她们已经按照乾的指示捆住了男人的手脚,还在他头上套了个枕套。接着只需把东西放在床下。

二人忙完一通后,拿出冰箱里的瓶装饮料喝了起来。"矿泉水?这应该是免费的。"

这时，毛毯的手机响了。

"谁打来的？"枕头问。

"陌生号码。啊，你好？"她切换为免提模式，让枕头也能听见。

"我是乾。"一个声音说。

毛毯吃了一惊，随后问他打电话做什么。因为太过意外，她还忍不住笑了一下。

"什么做什么，当然是有事情要委托你们。我难道还不能打电话了？"

"倒也不是不能。"毛毯笑着说，"什么工作？你的委托我们刚刚已经完成了。"

毛毯和枕头同时看向床的方向，耸了耸肩。

"还有个临时委托。2010号房有尸体，你们去处理一下。"

"什么？开玩笑的吧？另一间房吗？"

"拜托了，我正发愁呢。委托人说2010号房有尸体，放在浴室里了，要我神不知鬼不觉地处理掉。"

"是谁委托的？"

"是我委托了工作的人。我要那边帮忙抓个女人，结果整出尸体来了。"

"然后你就叫我们去擦屁股？"

"我很信任你们。"

"你还有时间说这个？"

"不是有没有时间的问题，而是必须要做。对方说了不要闹到警察那边。"乾叹口气说道，"总之你们帮我处理一下尸体吧。哦，当然，我会付钱的。"

"那还用说吗？""好吧，既然如此，那就做吧。"

"谢谢了。"乾的语气十分轻浮,俨然小白脸向女人借钱,"你们只需要运到停车场去,后面自有运送商接应。"

"你还真是什么都推给别人干啊。"

"不过这酒店到底怎么回事,到处都有尸体。"枕头喃喃道。

"说不定招惹瘟神了。"

十一楼

五位年轻的房客自然不知晓七尾和纸野结花的困境。他们的脸上看不出任何担忧和恐惧,一团和气地等着电梯到达。

这些人都是二十出头的社会人,看着像是久别重逢,也许是来参加同窗会活动的。一个高个子男人抱怨着自己公司的加班费,另一个男人则叹口气,装腔作势地说:"在我看来,你那都不算什么了。"想来他觉得自己更辛苦。七尾忍不住想:"我比你们都惨。"同时又想起了奏田的话——"一旦开始跟别人比较,不幸就会降临。"

旁边的纸野结花一直盯着手机屏幕。

七尾移动视线,确认了天花板上的圆球形监控摄像头的位置。

假如对手在查看监控画面,他们应该已经被发现了。

电梯到达,门打开了。

因为里面可能站着危险人物,他们不能立刻凑过去。于是七尾二人躲在了那几个年轻人后面。电梯里没人。那五个人进去后,他们也跟了进去。

一个年轻男人站在操作面板前,按着开门键控制电梯门。七尾拉着纸野结花的手朝内部走去,有点强势地推开了周围的人,不过那些人正聊得火热,也就瞥了他一眼而已。

电梯里安装着镜面墙，看起来比实际空间要宽敞许多。七尾旁边有一排横向的操作面板。电梯门开始关闭。

他面对电梯门，关注着楼层显示，满心祈祷着电梯尽快从十一楼下到一楼。不过考虑到他的霉运，恐怕首先要祈祷电梯门顺利关闭。真的很难预测接下来会发生什么，正自嘲地想着，电梯门再次打开，印证了他的想法。

一个年轻人抢在最后一刻按了外面的按键。

七尾强忍着咋舌的冲动。纸野结花屏住了呼吸。

很快，他们就看见六人组中的一人走了进来。那正是在525号房被七尾浇了一头开水的女人——奈良。

她个子很高，身姿挺拔，那五个年轻人被镇得齐齐后退了一步，还不小心撞上了七尾。奈良没有立刻发动袭击，应该是不想把事情闹大。她只跟七尾对视了一眼，但在那个瞬间，七尾感受到了浓浓的杀意。

他不断点触高度到自己腰部的操作面板，想把电梯门关上，但是没有用。

于是，七尾瞬间把握了每个人在电梯里的位置，开始计算如果奈良冲进来动手，他该如何行动。不过，奈良只是默不作声地背过身去，无言地推开操作面板前的年轻人，自己按了关门键。换言之，她不打算在电梯里动手。

七尾二人和奈良站在电梯轿厢对角线的两端。

沉默让七尾陷入了高度紧张的状态。他警惕着对方的一举一动，而奈良也在做同样的事情。她侧过身，背对着电梯墙内壁，脑袋微微偏向七尾他们的方向，把整个轿厢纳入视野。

如同模特般高挑的奈良顶着一张涨红的脸，目光冷峻，面无表情，看起来无比怪异。那几个年轻人也感受到了异常，对话变得有些勉强。

电梯满载着紧张感向下降落。

是否要等到了一楼，对方才动手？

七尾把手伸进裤兜，摸索着打开了一个小盒子的开关。这是用于屏蔽手机信号的工具，能在短时间内发出干扰信号，控制半径五米以内的范围。他这么做，是为了阻止奈良与同伙联络。

电梯缓缓下降。

他该怎么办？他能怎么办？

七尾又把手伸进了腰包。还有什么能用得上的东西吗？指尖触碰到了一个小小的容器。那是他在客房洗手间拿到的小瓶装洗发水。

兴许能用上。洗发水的成分是水和表面活性剂，洒在地板上会很滑。

正想着，奈良动了。她故作咳嗽，虚握的右手抬至嘴边。

是吹箭。

七尾的身体与意识同时做出反应，勾着前面那个人的脚轻轻撞了上去，并说："不好意思，我没站稳。"

他想制造出一旦射箭便极有可能误伤他人的局面。

毫无疑问，那帮人并不想把普通人卷进来。

被七尾撞到的年轻人踉跄了一下，接着七尾又往五个人那边凑了凑。纸野结花慌忙上前扶着他，被连带着不规则地晃动了几下。

"你没事吧？"其中一人看向七尾，目光中有担心，也有怀疑。恐怕也想谴责他太过不礼貌。

奈良果然没有瞄准。七尾一直盯着她的手。

整个过程中，电梯依旧在下降。

七尾开始思考,等会儿到了一楼究竟会发生什么。

一楼电梯厅可能会有房客,他们能否混入房客中趁机逃脱?可是奈良就站在门边。只要她守着那里,七尾他们出去时就不得不与之拉近距离。他带着纸野结花,真的能躲过她的攻击吗?

七尾最不擅长这种孤注一掷的事情了。因为孤注一掷最容易发生意外。

既然都不确定,与其盼望好运降临,还不如依靠自己的力量、技术和敏捷性。

念及此,七尾按下了旁边的"4"层按键。

电梯速度放缓,有几个人抬头看向显示屏,以为到了一楼。这时七尾开口了。"那什么……"电梯到了四楼,"我不小心洒了点洗发水在地上。"

五人一愣,纷纷看向脚下。"真的。""怎么回事啊。"他们慌张起来。"真不好意思。"七尾礼貌地道歉。他既不打算惹怒他们,也不想让他们害怕。

他按着开门键,继续说:"不好意思,可能要麻烦几位在这里出去了。我得打扫一下。"七尾不是工作人员,说这种话其实挺奇怪的。不过可能因为他的态度过于果断,那几个人虽然有点疑惑,还是纷纷离开了。想来七尾又是撞人又是在地上洒东西,也让他们产生了怀疑甚至忌惮。

"实在是不好意思。"七尾道着歉,却没有低下头,而是依旧盯着站在操作面板前的奈良的一举一动。

此时奈良也察觉到了七尾的意图,直视着他,没有动。

五个年轻人离开后,七尾与奈良同时按下关门键。纸野结花则被推到电梯角落,变成七尾与奈良对峙。

左右两扇门慢慢合拢。刚走出去的几个人一边注意着脚下,一边打量电梯里的三个人。也许他们觉得七尾很可疑，但那不重要。

门关上了。那个瞬间，七尾动了。二人像是不约而同地选择了速战速决。为了防止滑倒，七尾早已观察好落脚点，转瞬之间靠近奈良，首先控制住她的双手。万一她拿起箭矢，便万事休矣。七尾双手发力将其制住，奈良立刻跃起，双腿朝着他踹了过来。

七尾被踹得向后仰倒，撞上了狭窄的电梯侧面。一旦拉开距离，对方必定会射出吹箭。于是他迅速调整姿势，双脚发力。然而他亲手倒在地上的洗发水没能帮上忙，反而让他脚下一滑，险些一头栽倒。

他伸手死死抓住奈良，同时一头撞向她的身体。连七尾自己都不知道这是随机应变还是刻意为之。

奈良闷哼一声。七尾奋力将她的身体往旁边甩。她撞上了电梯内壁。

奈良好像被撞晕了，身体晃了一下。七尾从她背后伸出手，想拧断她的脖子，可她立刻扭过来，抬手就要用吹箭刺七尾。

千钧一发之际，七尾一个极限后仰躲了过去。接着他侧身一翻，又躲过了奈良脚上的攻击。

他死死攀住奈良的背部，总算拧断了她的脖子。骨头断裂的声音与到达一楼的提示音同时响起。

开门的同时，七尾抱起奈良的尸体走了出去。见门口站着几个貌似房客的人，他还提醒道："里面的地板上洒了洗发水。"

七尾跟进电梯的人擦肩而过，然后看向纸野结花，用目光示意她前往大堂。他很想扔下奈良不管，但不希望有人发现尸体。

不过，是不是能利用尸体制造骚动，然后趁机逃走呢？

他想了想，还是觉得不妥。万一惹上警察就麻烦了。考虑到酒店内的尸体数量，他休想平安回到家中。

他正要把奈良的尸体转移到背上，就看见不远处站着一个男人。

那人身穿西装，抬手掩嘴。吹箭！七尾微微倾斜奈良的尸体，下一刻就感觉吹箭刺中了尸体背部。由于速度太快，周围的人都没有发现。

得跑。

可是用奈良充当肉盾，究竟能逃出去多远呢？

七名外国游客朝这边走了过来。他们难掩旅行的兴奋，有说有笑地从吹箭的男人和七尾中间走了过去。整个过程中七尾一直盯着前方，不放过吹箭男人的一举一动。

根据奏田提供的情报，那男人应该就是江户。一个"施虐狂"，正是他"召集了另外五人"。

就跟创投企业的年轻总裁差不多？

七尾一直用勾肩搭背的姿势拖着奈良的尸体，好在并没有引起游客的怀疑。

不幸的是，那群人里有一个人摔倒了。也许是洒的洗发水沾了一点到外面。只听那人大叫一声后倒下，然后把想搀扶他的人也拽倒了。

现场骚动起来，七尾有点心虚。他又连累了别人。不过现在顾不上许多了。他慌忙收回视线，可是前方已经看不见男人的踪影。

那人又要吹箭了吗？会不会箭已经飞出来了？该不会自己被刺中了吧？七尾看了一眼自己的身体，没有找到吹箭，也没有感觉到疼痛。

对手不见了。七尾脑中浮现出"失态"二字。

然后,他就注意到了前方的电梯。

电梯门开着,刚才那个男人跟纸野结花站在一起,旁边还有个娇小的女子。

什么时候被抓住的?与疑似江户的男人对上目光后,电梯门开始关闭。

两扇门完全闭合前,男人抬起了手。确切地说是抬起了三根手指,然后指了指上面。

七尾瞬间理解了,那个人叫他上三楼。但他得先把奈良的尸体藏进厕所,七尾冷静地思考着。

蓬 二楼餐厅

"这是铁板和牛腿肉,搭配黑松露酱汁。配菜为芦笋和干烤大葱。"身穿白色衬衫和黑色马甲的服务生优雅地介绍着菜品,"这是最后一道菜,之后还有点心。"说完他就离开了。

"所以,给池尾先生发送照片那位朋友知道事故前一刻出现在那辆车旁的是什么人,才找上你的吗?"蓬长官问道。

"不,他其实没怎么注意,只是正好拍到了事故发生前一刻的肇事车辆,觉得有点意思……这么说可能不太好……"池尾慌忙摆着手纠正道。他满心想着自己很快就能写出有意思的报道,一不小心说漏嘴了。"然后,他就发给我看了。"

"然后你又发挥了强大的想象力,去调查了?"

"话虽如此,我现在暂时还没查到什么。毕竟那个摄像头坏了,我能依靠的只有这张照片。"

"你能看清这个男人的脸吗?"

"我放大图片看了一下,但是很模糊,不好分辨特征。"

"原来如此,原来如此。"蓬长官叹了口气,僵硬的表情有所缓和,"池尾先生把照片拿给我看,是为了帮我吗?"

"是的。像我这种小记者肯定没有能力深入调查,不过我希望这张照片能成为您探寻真相的突破口。"

这时,池尾突然意识到佐藤秘书就坐在自己右边。他吓了一跳,身体猛地绷直,撞得桌子摇晃了一下。

他什么时候出现的?

"佐藤,你也看看吧。"蓬长官把桌上的手机转向佐藤秘书。

佐藤秘书伸长脖子端详屏幕上的照片。他体格健壮,仅仅是坐在旁边就让池尾感到了难以忽视的压迫感。

"啊。"他暗自惊叫一声。池尾自己也不知道,什么时候有了这种感觉。

大脑尚未转过弯来,他就开始比对照片上的男人和佐藤秘书。不动声色地侧过头,用余光细细打量。

嗯?莫非……不等他抛开疑虑,心里已有了一丝计较。

确实看不清照片中那个男人的脸,可是那体型和伸头的姿势都酷似佐藤秘书。长长的脖子像长颈鹿一样——但他转念一想,倒也没有如此夸张。

池尾只觉得冷汗滑过背部,身体不自觉地颤抖起来。

蓬长官!他拼命忍住大喊大叫的冲动。

这上面的人可能是佐藤秘书。

佐藤秘书是不是那边的内应?那边,也就是容不下蓬长官的那些人。

不过佐藤秘书就在旁边,池尾不敢说出口。要说也得等这顿饭吃完。

他无声地张开嘴巴又闭上。

这时,蓬长官说:"池尾先生,我和佐藤一直都很疑惑。"

池尾抬起头。

"为什么不够强大的人还能掌握权力呢?"

"怎么说?"

"单纯地想,肉体强大的人统治一个集团是最简单的模式。

你不觉得吗？不管一个人多么聪明，一旦被打得动弹不得，他就什么都做不了。若是被杀掉，那就更完蛋了。所以，最重要的难道不是暴力和武器吗？然而人类社会并不是这样的。我一直都觉得难以理解。我们的政治家和官僚都不具备强大的肉体，可偏偏是他们掌握了权力。如果召集一群肉体强大的人揭竿而起，结果会如何呢？为什么没有人那样做呢？为了防止那种事情发生，人类社会有了规则。或许可以称之为秩序。知识分子们打造这样的社会结构，为的是保护自己。"

"知识分子？社会结构？"

"于是在十五年前，我决定到他们那边去看看。"

"那边？"池尾越听越困惑，"您在说什么，现在不是在聊照片的事情吗？"

开什么玩笑呢？

"我用了别人的履历，不过只有这些肯定是无法当选的。"

他坚毅的语气中带着几分诙谐，一如集体采访时的长官做派。可是"用了别人的履历"是什么意思？

"十五年前发生在电车里的伤亡事件，是我当选的必要步骤。为了提高我的知名度和好感度。因为要得到民众的信任和支持，我们找来了那个凶手。他欠了一屁股债，我只需要用他孩子的性命稍加威胁，他就答应了。结果呢，自然是大功告成。正如池尾先生所知，我当选了。"

池尾的双肩已经被按住了。刚才他想起身离开，却被站在后面的佐藤死死压住，只能重新坐回去。

"当选之后，要做的事情非常简单，那就是想办法除掉那些妨碍我的人。随着障碍的清除，我在执政党内逐渐有了地位。三年前的事故也是其中一环。"

"其中一环？您说的事故是……"

"我当时已经意识到，身为一名政治家，能做出的改变非常有限。而且我大致了解了政治家究竟要做什么，想要的是什么。在我看来，他们脑子里想的东西都无聊至极。不管怎么说，日本的政治家都是好人，都是半好不坏的好人。他们分成了敌我两派，为我方牟利，对敌方算计、施压。一直在重复同样的行为。一切只是一场权力的游戏罢了，而且还是一场毫无意义的游戏。我想要的是真正的权力。所以我推动了情报局的设置，并成为其头领。而那场事故，就是为了让过程更加顺利。"

"这是什么意思？"池尾意识到自己好像一直在问这句话，"那场事故是？"

"一名议员因为交通事故失去了家人，却还在为国家治安而励精图治。民众就喜欢这样的故事，不是吗？人类都爱听故事。身陷悲剧却坚持认真工作的人最能得到支持。然后啊，就有一些人像池尾先生这样，开始猜测那场事故是我的政敌所为。我为自己捏造了敌人，赢得了民众的同情。这样的做法既简单又有效。"

"请等一等。"池尾终于挤出了声音，"请你……等一等。"

"我在等哦。"

"那些都是你的家人啊。"池尾哽咽着说。

"什么意思？"

"你为了获得支持，连家人都能牺牲吗？"

"我倒是想问问你，为什么不能这么做？"

蓬长官说完，拿起池尾的手机看了一眼时间。"我准备在这里等待联系，还是先把饭吃完吧。"接着他又说，"难得有这么好的肉，后面的甜品也很美味哦。"

池尾的大脑一片空白，根本无法思考。他出了一身汗，却感觉身体冰冷,止不住地颤抖。

"我会留着你的胳膊,方便你顺利吃完饭哦。"

"胳膊?"

"我和佐藤最擅长废掉别人的胳膊了。别这么害怕,不是折断骨头,请放心吧。"

布 2010号房

枕头把门卡放在2010号房门锁的感应区,"咦"了一声,看向毛毯。

毛毯也觉得有点奇怪,因为她没听见解锁声。枕头又试着刷了几次。

怎么回事?她抓住门把手稍稍用力,房门就开了。毛毯跟枕头对视一眼。门锁坏了。她们并没有过于惊讶和紧张。因为乾让她们来这里收拾尸体,显然里面发生了"非同寻常"的事情,就算门锁被破坏了,也丝毫不值得惊讶。

毛毯推开门走进去,枕头也推着布草车跟了过来。然后关上房门,扣上了保险扣。

二人经过衣柜旁,再往前走就看到了房间的全貌。

"我还以为只有一个人呢。"毛毯喃喃道。

粗粗一看,室内有两具尸体。双人床前面有一张四脚朝天的破桌子,旁边有个女人靠墙坐在地上,她的对面则是一个倒在地上的男人,穿着蓝色西装。

屋里弥漫着火药味,她们很快就找到了源头。女人的肚子上有一块烧焦的布,想必里面装满了火药,是个小型爆炸装置。女人的脸已经面目全非。

穿蓝色西装的男人容貌完好,甚至干净得像是睡着了。不过他很明显已经没有了呼吸。她们观察着男人的身体寻找死因，发现其胸口处插着一根针。

"是这个吧。"毛毯说了一声，以为枕头就在身后。但是她没听见回应，便连忙转过身去，却发现枕头不见了。"嗯？"她疑惑地嘀咕道。

怎么不见了？毛毯不禁有些心慌，甚至差点陷入枕头本来就不存在的妄想，但很快，枕头就走了出来。"抱歉抱歉，我想看看浴室。"

"浴室？尸体不是在这边吗？"

"浴室里也有。"

"啊？那儿也有？"一阵莫名的紧张过后，二人同时轻吐一口气。

毛毯跟枕头一起走进浴室。

黑白色调的墙壁和圆弧造型的浴缸营造出高雅的氛围，然而胡乱摆放的两具僵硬的尸体破坏了画面，倒有点像是现代美术作品了。

"这都什么乱七八糟的啊。"

"什么乱七八糟？"

"男女老少都凑齐了。"

倒在床边的蓝色西装男人目测三十多岁，女人应该是二十多岁。浴缸里的男人穿着白衬衫和棉布长裤，看着挺年轻，不过应该四五十岁了。还有个老女人躺在淋浴间旁边。"这四个人看起来没有共同点啊。"

"会不会有特殊的爱好或是收藏呢？他们看着也不像集体自杀。"

"应该不是。床边那个女的脸都被炸烂了，谁会那样自杀啊。"

"这些都得运走吗?"毛毯问。

"应该是了。"处理尸体的目的在于完全抹除凶杀的痕迹。这四具尸体恐怕没有可以留下哪一具的说法。"乾真是太会使唤人了。"

毛毯提议先把浴缸里的尸体搬到房间里去,枕头同意了。在遇到困难的工作和复杂的作业时,就得一件一件把事情解决。早在参加高中篮球部时,她们就领悟了千里之行始于足下的道理。

"一、二、三!"二人喊着口号,合力抬起了浴缸里的白衬衫男人。

毛毯嘀嘀咕咕地抱怨着凭什么让她们这两个弱女子干这种事,但还是把尸体搬到了床边的地上。这么一放,就跟另一个人的尸体重叠在一起了。

虽然也不是不能重叠,只是这么放着实在让人有点看不过去,于是她们合力抬起男人的上半身,让他靠坐在了床边。

"看着不像有外伤啊。"

"啊,他头上有血。"

"真的呢。这一位是胸口扎了针。这是什么箭矢吗?"枕头指着地上那个穿蓝西装的男人说。

"箭矢?还真的是。"

接着,枕头又去了一趟客房门口,回来时说:"我把门虚掩着,系上了铃铛。"

如果要来回搬好几次尸体,每次都要拧门把手就有点麻烦了。不过在工作时间可能会拖长的时候,为了及时警惕有别人进入房间,她们会在门把手上挂一条拴着铃铛的绳子。

不知何处传来信息提示铃声,毛毯抬头看了看,发现脸被炸烂的女人身边的手机亮了。毛毯拾起手机，用女人的指纹解锁，看了一眼信息内容。"这上面写着平安，是发件人吧。"

"说什么？"

"'我知道是谁进了2010号房。是苏打。可乐和苏打二人组，业内人士。浴缸里那个应该是可乐。他们会用爆炸物，要小心。'不过这信息发得有点晚了呀，毕竟人都被炸死了。"毛毯看了一眼女人的尸体。

"可乐和苏打，就是这两个吧？"毛毯轮流看了看白衬衫男人和蓝西装男人。他们看着不像有父子那么大的年龄差，但也不像同龄人。

"还有个两人组叫蜜柑和柠檬。"

枕头说完，毛毯也想起确实听过那两个代号。他们应该在E2那时死了，还留下了一些真假难辨的故事。"他们绑架了著名足球运动员那件事是真的吗？""说什么呢？他们死前的事情？""那当然啊。好多人都知道呢。""业界有好多两两组队的人哦。""我们也是啊。""毕竟凑齐三个人就必定会有小团体，所以两个人顶天了。"

枕头抬起蓝西装男人的上半身，拽着他斜靠在床侧面。毛毯一言不发地上前帮忙。本以为尸体保持不了平衡，很快就会倒下去，不过两具尸体倒是彼此隔开一段距离，以同样的姿势稳稳地坐着了。

毛毯默默地打量了一会儿那两具尸体。她把自己带入这两个人，如果将来在工作中丧命，是不是也会变成这样。要是她们二人真的死在了同一个现场，那她确实希望能像神社的狛犬一样，两个人肩并肩坐在一起。想到这里，她不自觉地调整着蓝西装男人的姿势，枕头也让白衬衫男人坐得更直了。

"狛犬好像是面对面的吧。"毛毯忍不住说出了疑问。

枕头似乎在想同一个问题，也说："有的地方是并肩看着前面。"

"那该怎么摆？"

"随便。"

过了一会儿，枕头转身走进了浴室。"好了，把里面的老阿姨也抬出来吧。"

毛毯跟了过去，二人合力抬起了老女人，让她躺在床上。下一刻，有人惊叫了一声。

这女人还有呼吸。毛毯把脸凑到女人嘴边，感觉到了微弱的呼吸。虽然她只是个老女人，但很有可能是业内人士。一想到有可能被人趁机偷袭丢掉性命，毛毯就吓得想往后躲。就在这时，枕头说："啊，是可可女士。"

"啊？"

"这是可可女士。""还真的是。"

除了处理尸体，枕头和毛毯也经常接一些带目标逃离到安全场所的任务，有好几次都是可可发来的委托。可可精通 IT 技术，擅长突破防火墙，而且主意很多，值得信赖。虽然她们的关系不算亲密，但可可似乎看透了枕头和毛毯的性格和经历，曾经对她们说："认真是最好的。"所以，她是少数几个让二人心怀好感的业内人士。

枕头着急忙慌地要给她做心肺复苏，而可可恰好在这时睁开了眼睛。

"可可女士，你还好吗？"枕头唤了一声。不过对方目光涣散，好像还没有完全醒来。摇晃身体可能会加重伤害，她们只能在她耳边不停地呼唤。如果已经有过心肺停止，极有可能会有大脑损伤。该怎么办？枕头看了毛毯一眼。下一刻，可可就发出了沙哑的声音。"这是哪儿？"

毛毯吃了一惊，加大音量呼唤可可，还说："轮到你儿子投球了！"她之所以这么说，是因为可可经常提起"我儿子是一名职业棒球手"，就是不知道真假。枕头也凑到她耳边不停地说："比赛要开始啦。""现在是满垒淘汰两人的精彩时刻哦。"

不知是不是那些话有了效果，就听见可可迷迷糊糊地说："嗯？你们是枕头和毛毯？"显然，她的意识逐渐清醒了。

毛毯和枕头高兴地对视了一眼。太好了。

"纸野妹妹呢？"可可报了个名字，"她没事吧？"

"可可女士，你这是在工作吗？那边那位不会是纸野妹妹吧？"枕头看了一眼自己身后靠在墙边的女性尸体。

可可扭着身子打量了一会儿尸体，然后像断电一样躺了回去。"那个不是。应该是飞鸟。"

可可的意识越来越清晰，声音虽然有点无力，但说的话变多了。不过她整个人的状态还是宛如风中残烛，随时都有可能咽气，让毛毯很是担心。

"飞鸟？"枕头问了一句。

"六人组，吹箭的。"

"我好像听说过。"毛毯搜寻着脑中的记忆。

"哦，就是那六个长得漂亮、身材也好的人吧。那帮人简直是天选之子的代表，一看就是从小到大班上最受欢迎的人，生活一路顺遂。唉，真的好讨厌哦。我记得有飞鸟、镰仓和平安吧？"

"还有战国、奈良、江户。他们都能组成天选之子奥运会的日本代表队了。"

毛毯也想起来了。她并不认识那六个人，也从未在工作中打过照面，但是听说过行为暴虐、爱用吹箭的六人组。

"跟可可女士斗的就是那六人组吗？"

"那我肯定会站可可女士这边。"

可可又闭上眼睛不说话了，不过还有呼吸，莫非是又晕过去了？毛毯越想越紧张，总感觉她可能不会再睁开眼睛了。

"咱们先把可可女士弄下去吧。"

"得送她去医院。"

"如果乾找的人在楼下，我们就拜托他们。"

毛毯二人都认识乾找来的搬运工。那两个人会把需要处理的尸体运送到合适的地点进行处理，也会把需要急救和包扎的人送到合适的医院进行处理。而且两个人都沉默寡言，干活麻利，值得信赖。

"如果很花时间，不如我们直接送她去医院吧。"

枕头拉着布草车走过来。二人轻轻抱起床上的可可，把她放了进去。她们都明白可可需要静养，但总不能一直安置在这里。

她们像捧着易碎的瓷器一样安置好可可后，又盖了一些床单和枕套在上面充当遮掩。

这时，铃铛响了。

六 2010号房

战国走进2010号房时,听见了一阵铃铛响。他暗自一惊,却发现房门内侧挂着一串铃铛。

"什么动静?"平安在耳麦里问。

"门上挂着铃铛。我刚进入2010号房了。"

"那也就是说,房间里有人,还在门上挂了铃铛?"江户的声音响起。

战国自然明白他的意思。"奈良什么情况?"

平安通过监控录像发现纸野结花他们出现在1121号房。因为那两人很明显是想混进别的酒店房客中离开,奈良和战国当即决定前去拦截。不过刚走到一半,江户就说:"我联系不上2010号房的飞鸟,你们找个人过去看看。"

于是,奈良去了纸野结花所在的十一楼,战国去了2010号房。奈良自从说了一句"我要乘电梯了",就再也没有说过话。

"奈良没有回应,应该正乘电梯下楼。"

战国感觉到了2010号房里的危险气氛。再加上门把手上的铃铛。对方显然非常谨慎。

他右手已经握住了吹筒。既然纸野结花不在,那么弄死对方也没什么大问题。不需要手下留情,他直接准备了神经毒素针。

当他走过玄关,终于能够看清整个房间的瞬间——

一个人影从左边蹿到了右边。他顺着人影移动的轨迹吹出箭矢,眼前骤然变白。他以为是什么幕布,原来是扯开的床单。他的吹箭刺在了上面。

有两个人。这是战国的第一认知。接下来他又意识到,是两个女人。看着像孩子,但也可能只是个子矮。

应该是左边的女人抛出床单,跳出来的女人接住,然后扯开了。他没有再吹箭,而是朝着右边的女人撞了过去。

看她们使用床单的手法,就知道不是普通人,必定是业内人士。而且,这两个人很擅长打配合。不过,就算能力再怎么优秀,动作再怎么训练有素,可只要遭到物理性破坏,不管是人类还是机器,都会停止动作。

他撞上了右边的女人。实实在在地。女人向后倒下。

他踩着落在地上的床单走过去,左边的女人朝他脚边滑铲过来。她显然想破坏对手的平衡。战国一个跳跃躲了过去。

落地的同时,他冲向刚才被撞倒地的女人,像踢球一样狠狠踢了过去。

他曾经好几次这样踹人,甚至踩爆过对方的脑袋。人脸像西瓜一样粉碎的感觉能给他带来无尽的快感。

那是自由支配他人生命的快感。

然而,女人慌忙向后一滚,他踢空了。

竟然躲过去了,真气人。

小个子的女人只要被抓住,就是死路一条。

战国立即试图拉近距离,却看见另一个女人准备拽床单,恐怕是想掀翻踩在上面的自己。

你真有本事掀翻我?

战国想扑过去,不过面前的女人似乎瞄准了他起跳的时机,一头撞上了他悬停在空中的下半身。

战国的腰部被撞了一下,身子在空中转了一圈,狠狠砸在地上。

他痛得脑子冒火,立刻站了起来。

"你竟敢这么对我,别指望有好果子吃——你是不是这么想的?"女人开口道。

"小哥你身材高大,长得也不错,人生肯定顺风顺水吧?"另一个女人耸耸肩道。

"你干过不少坏事吧?"

"绝对干过。"

两个身材矮小的女人在自己面前如此游刃有余,这让战国无法理解。这种感觉就像是汉堡包在质疑:"你凭什么吃我。"你除了被吃掉,还有别的用处吗?

除了被吃掉,就只有被踩扁了吧。

"我猜你一定是走到哪儿都能胜人一筹。你知道这是为什么吗?"女人说。

白色的布料逼近到眼前。糟糕。仿佛是为了扰乱战国的反射神经,左右两人一会儿蹲下,一会儿站起,不断翻动着床单向他靠近。

"当然是为了最后输给我们这样的人啊。"

说话间,他已经被人从脑袋包到了肚子。

战国听见一声吆喝,瞬间意识到自己的脖子要被拧断了。裹在身上的布被拉扯成精准的角度,让他的力量和肌肉全然派不上用场,脆弱的脖颈变得不堪一击。

"感谢杠杆原理。"女人喜滋滋地说。

战国奋力摇晃身体,开始挣扎。

右眼一阵剧痛,像是被女人用手指抠了。腿还能动,他拼尽全力踹了一下,踢到了。女人痛呼一声。他朝着发出声音的位置一撞,撞上了女人。

眼前一花,是另一个女人踢中了他的后脑勺。战国向后一踢,虽然没踢中,但显然拉开了距离。于是他用尽全身的力气撑开胳膊,想挣脱缠在身上的床单。一阵裂帛声过后,视野有所恢复,就是右眼依旧睁不开。

他拼着挣断锁链的劲头继续用力,床单终于被撕裂,挣脱出了一只手。下一刻,他就撕下了脸上的布料。

等到双手都自由了,他便从口袋里掏出吹箭。

战国闭着还在刺痛的右眼,试图用左眼瞄准,却看见那两个人飞快地逃出了房间,还推着布草车。这时他才发现,那两个女人穿着客房清洁员的服装。

耳麦掉在了地上,战国将它捡起来,说道:"2010号房有两个女人对我动手了。真倒霉。"

"你被她们干倒了?"平安嗤笑道。

他脑子一热,一拳锤破了墙壁。

战国想:那两个小妮子凭什么对我动手,简直气煞我也。

"她们应该是来处理尸体的。江户不是联系过乾吗?江户,你在听吗?"

"战国,你也下来吧。"平安开口道。

"江户呢?奈良抓住纸野结花没?"

"奈良被干掉了,不过抓到纸野结花了,就在我旁边。你快到三楼来。"平安的声音听起来断断续续的,应该正在移动。

奈良被干掉了——战国一时间无法理解这句话的意思。"三楼?"

"就是宴会场那一层。里面有个枫之间,你到那里去。"

"要在那里把人交给乾吗?"

"已经联系过乾了,他要我们把纸野结花带去 1702 号房。他和交易对象约在了那里。不过在此之前,他还要等那个人来。"

"那个人?"战国撕掉了缠在身上的床单。

"跟纸野结花在一起的那个男人。刚才我从电梯里看了一眼,总算想起来他是谁了。"

"是谁?"

"就是那个瓢虫啊,E2 的幸存者。"

战国没太听明白。平安接着又说:"东北新干线的幸存者。"这下他明白了。

"哦,你说那个幸运的瓢虫?你见过他吗?"那趟车上有好几个业内人士丢了命,甚至连早已隐退的二人组也在上面,闹出了很大的动静,而偏偏他平安无事地活了下来,所以业界都在传瓢虫不仅实力过硬,运气也没得说。虽然一度引起过热议,但是业内并没有多少瓢虫接任务的消息,大家又说他经此一事出了名,开始挑拣工作了。"原来奈良被瓢虫干掉了啊。"

"2010 号房现在什么情况?"

战国看了一眼床边的尸体。"有两个男的尸体,还有一个应该是飞鸟。"

"飞鸟怎么样?"

战国背靠墙壁,凑近坐在地上的飞鸟仔细打量。"她的脸被烧得面目全非,以后再也说不出我长得漂亮这种话了。"

"哦?"

"我先拍照吧。"如江户所说,世上的人有各种各样的需求。想必也会有人想要看看本来长得好看,死后却面目全非的女人是什么样子。

"哦对了,那个薄荷大妈的尸体呢,能拍张照片吗?"

"我粗略看了一圈,没看见。"视线所及范围内并没有老女人的尸体,他又回头看了一眼房门,"应该是被刚才那两个女人运走了。她们也许打算一个一个带出去。"

我的右眼被伤到了,但是战国说不出口。

"哦,那算了。战国你不用去管那两个处理尸体的人,先到这边来吧。三楼的枫之间。我们要教训瓢虫。"

"你都抓住那女人了,跟瓢虫还有什么关系?"

"我们这边的镰仓跟奈良都折在他手上了,总不能就这么放过他吧。说不定连飞鸟也是被他干掉的。他得赔罪啊。"

"让业内名人痛苦哀号,好像挺好玩的。要是录下来,说不定能卖钱呢。"

"确实,应该会有需求。"

战国听着平安的话,想象着亲手把昆虫的足肢一根根拔去,最后一脚踩扁的场景,兴奋地决定等会儿对瓢虫也要这么做。

三楼枫之间

电梯到达三楼时,七尾对自己说:"记住了,你很倒霉。"

当然,这种时候就算他不说,也已经是再明显不过的事实。小时候,他被错认成家中富裕的同学而遭人绑架,从那以后,他就倒过许多大霉,小磨小难更是不胜枚举。比如新买一条白色牛仔裤,第一天穿出去就被汽车溅了脏水。每次在超市排队结账,他的那条队伍总是比其他队伍慢很多。去看电影会碰上旁边的人睡着了打鼾,甚至还被别人误以为他在打鼾,把他好一顿嫌弃。去神社给自己驱邪,神主刚来就闪到腰,只能临时取消。走路踩水坑,鸟粪淋头。就连工作时也总会遇到毫不相关的尸体,还得费劲处理。他只不过是送个行李箱,刚下新干线就见门外站着一个麻烦的人,还把他推了回去。甚至代客加油也会撞见另外两辆车开进加油站司机突然打了起来,不仅打坏了客人的车子,还把他也卷了进去。谁会想变成这样的人啊。

不过那又如何?七尾自问。他知道自己很倒霉,所以呢?

我想说的是,这台电梯到达时,最好警惕一些。

七尾对脑内的自己点了点头。你说得非常对。我不需要跟别人比。我就是我,我最了解自己。苹果树只要负责结苹果就好。

他想起在一楼看见的江户。那个人带着纸野结花乘电梯离开时,看见七尾便抬手比了个"三"。意思是他们要去三楼。

你若想夺回这女人，便来吧。

七尾干掉了他们的那么多同伴，去了恐怕不能善终。

醒醒吧，我怎么可能去呢——七尾虽然这样想，但还是决定去一趟。不过，这么做并非出于正义感或使命感。

她在危急时刻帮过七尾，给真莉亚发了信息。现在抛下她不管，那就是忘恩负义。

而且无论怎么看，无论让谁来评价，都是彻头彻尾的忘恩负义。

忘恩负义之人会被好运舍弃——奏田的话让他很在意。

七尾一边想着不需要在意这些，一边又觉得"该做的事就要做好"。

提示音响起，三楼到了。电梯门缓缓打开。

他朝电梯厅踏出一步。几乎同时，左边的电梯也到了。一个身形健壮的男人同样踏出了一步。

早已做好心理准备的七尾占了上风。

他从来没有走运过，无论做什么都倒霉，即使在最安全的情况下也会深陷危机。正因为他的人生如此，所以才会想到到达三楼时肯定还要倒霉。如果不倒霉，那就是违背常理。这便是七尾的认知。

相反，从楼上下来的战国恐怕不会想到自己跟七尾几乎同时到达。

太晚了，七尾心道。

战国转过头，看见七尾，先是瞪大眼睛，然后手忙脚乱地去掏吹筒。这时七尾已经迅速拉近距离，勾起的手臂自下而上奋力一击，击中了战国的腹部。对方尚未从突袭中缓过来，七尾已经绕到背后猛扑上去，双臂缠上他的头部，毫不犹豫地拧断了他的脖子。接着，七尾一把拽出战国的耳麦，扔到地上踩碎了。

七尾及时扶住软倒的战国。他有点无奈，自己好像一直在抱着对手的尸体到处走。能暂时藏尸的地方，恐怕只有厕所了。

所有事情都发生在一瞬间。

他究竟知不知道，自己到底做了多少心理准备，七尾忍不住自嘲。

七尾已经习惯了遭遇不测，早已看开。

七尾拖着战国的尸体，进了楼层尽头的厕所。

等他把尸体塞进厕所隔间，才发现战国的衣服袖子被拽得往上缩，露出了有点眼熟的腕表。

那是奏田戴在手上的长方形高级腕表。"这种高级腕表的优点之一，就是贪心的人都想要。"果然如奏田所说，战国把它据为己有了。

七尾褪下战国手上的腕表，塞进裤兜。

他不能大叫纸野结花的名字问她在哪里，只能顺着长长的走廊，一间间查看这里的宴会场。

楼层介绍上显示，三楼有两个大会场和两个小会场。最前面的大会场被打扫得干干净净，别说人了，连张桌子都没有。

下一个会场中摆着几张圆桌，还有几名酒店工作人员在忙碌。

七尾扫了一眼那几名工作人员的行动，没有发现异常。江户和纸野结花都不在里面。

会场门口的推车上摆着好几摞圆形不锈钢托盘。七尾条件反射地拿了四个，夹在腋下。

下一个小会场里摆着一张长桌，像是用来开座谈会的。双开门敞开着，乍一看没有人。他又蹲下身看了看桌底，也没有藏人。

七尾决定再看最后一个会场,如果纸野结花不在里面,他就放弃,自行离开。

那个房间挂着"枫之间"的牌子,双开门只开了一边。七尾站在半开的门口查看内部。

准确地说,在他试图查看内部的时候,箭矢飞了过来。听见破空声的瞬间,他从腋下一把抓出三个不锈钢托盘挡住脑袋,箭矢撞了上去。

他后退一步,藏在关闭的那扇门边。

对方已经像狙击手一样蓄势待发,远远地对准了他。

七尾压低身形,从门口再次窥视。因为露出了脑袋,箭矢再次来袭,他只能慌忙把头缩了回去。不过他看清了,里面有长桌。

没时间犹豫。他正要抓住空隙冲进宴会场,就听见里面传来了男人的声音。

"你最好慢慢走进来,否则女人的腿就别要了。"

"我们只要保住脑袋和嘴巴,手脚可以自行处置。"里面又传出了女人的声音,"不是暂时哦,是永远废掉这女人的手脚。"

也就是说,他们准备的毒针里也有不伤人性命,但是能废掉人手脚的种类。这是明显的恐吓,但绝不是虚张声势。男人又说:"平安,随时动手都可以。"

随你们的便——这句话已经到了七尾嘴边,但是没能说出来。他今天才认识纸野结花,而且还是被她强行拉进这场纷争的受害者。他大可以将她视作加害者。

我没义务救她。

但是他狠不下心来。忘恩负义的人会被好运舍弃,这句话一直在他脑子里转个不停。

七尾决定堂堂正正地走进宴会场。

他要放缓脚步,假装放弃,以举白旗的姿态走进去。

他走过长桌组成的通道,平安和江户站在房间另一头,平安还抱着纸野结花。

"我先废了她的腿。"她兴高采烈地说。

七尾凝神静观。他们肯定用吹箭瞄准了自己,一旦中箭就完了。

来了。目光瞥见吹箭时,他举起了托盘。对面是平安的脸。砰的一声,吹箭被弹开。下一刻,托盘被打脱了手。第二支箭。江户射出的箭力道十足。

吹箭竟然有这样的威力?七尾无暇惊讶,条件反射地扔出托盘,自然是没有打中。紧接着,他感到平安和江户同时吹出箭矢。腋下的托盘仅剩一个,被他举了起来。吹箭带着强劲的力道刺中托盘,不过这次他手上加重了几分力道,托盘没有脱手。

他一步一步向前迈进,直至宴会厅中央,一只手举着托盘充当盾牌,另一只手伸进裤兜,拿出了刚才从战国手上摘下来的腕表。

那是奏田的腕表,应该价值数百万,甚至可能超过一千万。

他想起奏田在1121号房说过的话:"你肯定想不到我们会对这么高级的表做手脚吧。"

"高不高级的不重要。里面难道埋了炸弹?"

"瓢虫,炸弹已经过时啦。破坏物品的行为太野蛮了,毕竟弄坏了很难复原呀。我们要追求可持续发展的社会。"

"社会已经持续够久了。"

"反正就是自欺欺人呗。人类一直在发动战争、破坏环境,为所欲为的同时碰巧活了下来而已。唉,不过说这些也没什么用。我猜人类本身就是用来发动战争和破坏环境的。"

"刚才说到哪里了？"他已经对奏田不止一次说出这句话了。

"现在要的不是爆炸，而是热、声、光。这是高良哥的创意，只要按一下这里，表盘中央就会喷出灼热的液体。"奏田指着手表中间说。

"灼热？像开水那样？"

"比开水更热，是通过化学反应发热。喷出来像花洒一样。"

"对着人家的脸喷吗？"

"那样可不好。"

"哦，是吗？"

"这个机关只能用一次，但在被包围时能发挥最大的效果。"

"搞群体攻击吗？"

"不是哦。"奏田说着，指了指头顶，"把腕表对准上面，然后按开关。"

"会怎样？"

"喷雾朝向天花板喷射，灼热的液体瞬间遍布整个天花板。然后呢，就会有反应了。"

"你是说火灾报警器吗？"

报警器感知到热量，会误判为火灾。有的地方甚至会直接开启消防喷淋器。

此时此刻，七尾准备执行奏田说的计策。

他在脑中模拟接下来的行动——走到房间中央，举起腕表对准上方，用力按下按钮。消防报警器误判火灾后，喷淋器就会开始喷水，导致吹箭的精度下降。

他察觉到江户往右边的墙壁挪动了一些，看来对方打算从斜前方重新瞄准自己。想法刚成型，吹箭已经飞了过来。他被惊得起了一身鸡皮疙瘩，连忙用托盘格挡。不过，这办法肯定不会一直管用，再这样下去，他迟早会被击中。

估计是预判了他的行动，正前方的平安也射出了吹箭。七尾本能地意识到用托盘格挡已经来不及，当场蹲了下去。

托盘被他扔掉了。

箭矢贴着头皮飞了过去。他连滚带爬地躲到了长桌底下。

脚步声响起。应该是江户跳到桌面上朝他走了过来。

七尾手脚并用地爬出去。刚探出头，就看见江户已经出现在头顶。他的眼睛散发精光，手放到了嘴边。

七尾就地一滚，飞快地躲闪，钻进了另一张桌子底下。

疑似江户射出的吹箭刺中了地板。那支箭比镰仓和奈良用的吹箭更长，而且更粗，跟钉子差不多。

七尾还想爬到别的桌子底下，就听见一声脆响，桌板向他倾倒下来。原来是一根桌腿折断了。他不禁咋舌，为什么非要在这种时候断。不过他还是打了个滚继续躲闪。而江户仿佛察觉到了他的举动，纵身一跃，落在尚未来得及起身的七尾旁边。

七尾意识到吹箭要来了，当即按下腕表的按钮。这么做并非有意为之，而是条件反射的举动。

按下之后，他才想起奏田说这东西只能用一次。

江户捂着脸向后倒去。显然腕表里的液体直接命中了他。桌子也跟着倒了。

这一刻，利用火灾警报器的策略已然化作泡影。

唉……七尾有点沮丧，但不能就此消沉。他靠近倒地的江户，用力将其拽起。由于面部遭到灼热液体的攻击，江户似乎晕了过去，但还有呼吸。

七尾知道那个小个子的平安还在房间深处，纸野结花坐在她旁边。

七尾拖着江户充当盾牌，站了起来。

房间里似乎没有别人，只要解决掉平安就好。

七尾开始思考，用江户当盾牌躲避吹箭，能接近平安到什么程度。

"这个男的还活着，现在还有救。"他对平安大声说。

这时，江户的身体猛地一震，七尾惊讶地抬起头，就看见对方脖子一软，脑袋扭成了不自然的角度。鲜血溅到了七尾身上。

原来，平安对准江户的头部射了一箭，还是杀伤力极高的箭矢。

七尾被江户拖着失去了平衡，险些摔倒。平安飞快地猫下腰，同时七尾感觉到吹箭刺中了身体。

她竟然瞄准了空隙较大的下半身，终于还是射中了他。

"我不会就这么干掉你，因为你太可恶了。先让你晕过去再说。"平安的声音渐渐靠近。

不好，我得赶紧跑。七尾心里想着，脑子却变得昏昏沉沉。快跑，快跑——他努力向身体发出指令，朝着出口爬去。

"大家都被干掉了，我得好好折磨你，否则这气消不了。"

平安的双脚越来越近了。

七尾试图站起来，但是支撑地面的双手反应越来越迟钝。他的身体开始僵化。万事休矣——就在他冒出这个念头的瞬间，突然听见了平安惊慌的声音。

一阵杂乱的脚步声。七尾心想，应该是纸野结花逃走了。

纸野结花应该是跑出了宴会场。平安"啧"了一声，抬腿追了出去。

趁现在——七尾用膝盖支撑身体，奋力站起，集中全身肌肉的力量用力关上了大门。等他把门反锁后,眼前的光景开始模糊,像是隔了一层磨砂玻璃。意识失去了支撑点,渐渐飘远。

真莉亚应该没去剧场吧。

七尾这样想着,突然涌出一阵溺水的感觉,轰然倒地。

蓬 二楼餐厅

"这是覆盆子雪宝和草莓鲜奶油蛋白糖霜。"

服务生放下甜品,给池尾倒了一杯咖啡,优雅地起身离开。池尾很想抱着服务生说"你别走",但他忍住了。

前菜仿佛已经是很久以前的事情。那时他还感动于融化在口中的浓郁味道,为美食而雀跃不已。

"池尾先生,这个很好吃哦。"他听见蓬长官的声音,但像是隔了很远。

因为刚才那番话还在他脑中回荡。

为了提高知名度,蓬长官策划了那起快速列车内的伤亡事件,这已经很难以置信了。后来他甚至坦白那起夺走了家人性命的交通事故也是自己一手策划的,这简直匪夷所思。他讲述这些时的语气既没有悔恨也没有恶毒,态度坦坦荡荡,仿佛在讲述什么合乎常理的程序。

"乾那边联系我们了。"佐藤秘书开口道。他就在战战兢兢的池尾旁边,把手机递给了蓬长官。

蓬长官举起手机放在耳边说:"来得正好,我们刚吃完饭。"随后他应了几声,又说,"1720号房。我知道了,现在就过去。"

蓬长官结束通话,把手机交还给佐藤秘书。"他们抓到人了。"

"那太好了。"佐藤秘书回答。

"乾马上就过来,应该不用等很久。"

"我们的设备应该可以输入密码。"

看见池尾干坐在原位,蓬长官微微一笑。"终于找到有关我和佐藤过去那些事情的资料了。可以说,那是可以证明我们在成为蓬和佐藤之前还有其他身份的证据。万一那些资料泄露出去,对于现在的我们将会是一桩麻烦事。"

成为蓬和佐藤之前——这句话已经足够天马行空了。

"删除那些数据需要输入密码,现在终于把人抓住了。刚才那通电话就是通知我们这件事的。其实我之前有点好奇,池尾先生约我做这个采访,是不是也跟那些资料有关。毕竟时间太相近了。正因如此,我才决定今天把两件事都放在这家酒店处理掉,没想到是我杞人忧天了。很显然,池尾先生跟那些资料没有关系。"

池尾身体僵直,嘴巴没有动。"处理"这个词在他耳边萦绕不散。把他跟数据一起处理掉,这是什么意思?

"喝完咖啡我们就去1720号房吧。那边说前台会给我们房卡。"

"不,我就——"

"也许能让你看一场好戏哦。听说有业内人士盯上了我,已经进入这家酒店。那边还会帮忙把人抓住,送到房间去。池尾先生,刚才我也说了,有很多人想取我性命。这几年来,我已经遇到过不少业内人士。现在不同于我当议员的时代,身边不会总跟着好几个保镖,也许这就是越来越多人来刺杀我的原因。不过,我和佐藤虽然年纪大了,却也没有老到毫无还手之力。"

"这就是所谓的肉体记忆。"佐藤接话道。

蓬长官高兴地笑了几声。"我想展现给池尾先生看的，便是那肉体记忆。你就好好看着我和佐藤是怎么做的吧。先卸掉对手的肩关节，使其无法使用双臂，然后像揍沙袋一样殴打。很好玩，对不对？只要试过便知，世上没有比那更好玩的事情了。蹂躏毫无还手之力的人，也算是人生的乐趣之一吧。"

布 2010号房

乘坐员工电梯从地下停车场返回二十楼后,毛毯才意识到现在走进2010号房恐怕很危险。

刚才带走可可时,她们跟疑似吹箭六人组的一名成员打斗过一番。虽然支撑到了用床单将其束缚,并折断颈骨的前一秒,但还是未能成功,只能逃也似的离开了那里。如今再回去,必定不是良策。

"这是我们的工作,总归要做完。"枕头坚持道,"而且如果刚才那个人还在里面,我想彻底了结他。不然总感觉我们是打不过逃走了。"

"确实。"毛毯也有同感。

这次绝对不能输给他——二人做好了准备,务必要一鼓作气封住对方的行动。然而事与愿违,2010号房里除了尸体再没有别的人了。

"搞什么啊。"毛毯有点意外。

"那个人跑了吧。"

"可可女士没事吧。"

"她已经清醒了,肯定没事的。"

她们刚才把意识蒙眬的可可抬进布草车,搬到地下停车场交给了负责运送的人。乾应该是叫他们来处理尸体的,不过毛毯和枕头简单解释了情况,他们也表示理解。正好他们的车上配了基础医疗器械,答应在运送过程中会进行简单的救治。

"剩下三具尸体,要走三趟啊。真累人。"

"先搬哪一个?"

她们决定先搬看起来最重的蓝色西装男人。

枕头搂着男人的上半身,毛毯抬起下半身,把他塞进布草车,摆成抱膝而坐的姿势,又往上面盖了几块床单。

正要离开房间,门口突然闪过人影,毛毯连忙后退,一把抓住了盖在布草车上的床单。

这房间的电子锁坏了,早知道刚才进来时应该扣上门扣。毛毯满心懊恼。可能因为突发状况实在太多,她脑子一时间没转过来。

毛毯和枕头正要再次发起床单攻击,骤然看见对方的脸,停下了动作。

"嗯?枕头和毛毯?"那人穿着黑色上衣和浅色阔腿裤,语气轻快地抬手跟她们打了声招呼。原来是行业内少有的熟人之一。

"真莉亚姐。"枕头也停下了动作,"你怎么来了?"

毛毯飞快地团起了抓在手上的床单。

"唉,还不是因为我家瓢虫。"

"瓢虫?哦,就是那位啊。"毛毯没见过真人,但也知道那个人的存在。从某种意义上说,他算是行业内的名人。

"他到这个房间来做个任务,本来应该马上回去的,结果失联了。没过多久,我又收到了奇怪的信息。"真莉亚举起了手机。

"奇怪的信息?"

"说什么我今天去剧场会遇到危险。本来我以为是恶作剧,毕竟这上面也没说动机是什么。不过我的确有点担心瓢虫失联的事情，就直接过来看看了。他上一次联系我时说自己已经到2010号房了。"

"瓢虫吗？"枕头说完，"啊"了一声，随即掩住嘴。

"你知道他在什么地方吗？"

"真莉亚姐，说不定有点糟糕。"

"说不定有点糟糕？"

"这房间里有男人的尸体。"

毛毯闻言暗自心惊。那些尸体中也许就有真莉亚派来的瓢虫。虽然她们刚才提到过可乐和苏打，但毕竟还不确定。

她不知道真莉亚和瓢虫的关系怎么样，不过同伴的死总归不是什么好消息。

真莉亚愣住了。

呼吸仿佛随着时间一起停止了。真莉亚睁着眼，却感觉大脑已经停止运转。

她愣怔了好一会儿，然后仿佛脸皮上的线被一点点抽出来，表情微微扭曲，轻叹一声："是吗？"那两个字听起来有点冷漠，却又像是在安慰自己。"是吗？这样啊。原来如此。"她喃喃道。

毛毯一阵心痛，还是掀开了床单，指着布草车里面说："这是瓢虫吗？"接着又说，"床边还有一个男人。"

"也有一个女人。"

真莉亚弯腰看了一眼布草车。"啊，不是。"话音未落，她又挺直身子，大步走向房间里面，看了一眼坐在床边的白衬衫男人的脸。

"都不是。"真莉亚耸了耸肩。保险起见，她又看了一眼脸被烧毁的女人。

"原来不是瓢虫啊。"毛毯发现自己也松了口气。

"这酒店到底怎么回事?竟然连瓢虫也来了。"枕头无奈地说。

"唉。"真莉亚叹息一声,"为什么事情总会变得这么复杂呢?那只是个很简单的工作啊。太奇怪了。话说,瓢虫到底在哪里?这屋子这么乱,真让那些出身高贵的人看到了,只会扭头就跑吧。"说着,她在房间里转起了圈,"呃,你们两位的工作就是把这些尸体搬走?"

"对呀。"毛毯点点头,"乾叫我们来的。"

"乾?"

"真莉亚小姐,你的表情很吓人哦。"

"因为乾太讨厌了。他太年轻,太嚣张,还整天去讨好那些高官。我最讨厌他那种人了,见了谁都摆出一副我很得势的模样。"

真莉亚说人坏话的样子真是太逗了。

"唉,谁叫人家是天选之子呢。"

"什么子?"

"乾长得好看,能说会道,做什么事都很顺利,不是吗?跟我们完全相反,他是仿如被老天眷顾的人,所以叫天选之子。"

"我明白你的意思。"真莉亚微笑着说,"不过,乾没有朋友吧。"

"啊?"

"枕头和毛毯都有朋友。但是我猜,乾没有值得信任的家人或朋友。"

"哦。"毛毯和枕头不由得对视一眼。她们好像从没想过从这个角度思考问题,"谁说的,天选之子怎么会没有朋友呢?"

"就是就是,他有好多朋友呢。"

"围在天选之子周围的人,都只是普通朋友而已。"

"好像明白了,又好像不太明白。"

"我之所以不喜欢乾,是因为他自己明明没有任何战绩,却总是瞧不起别人,说什么现在不流行装火药的炸弹,还说什么我这种中介做不长久,太过时了。"

"他确实能说出那种话。"毛毯点点头。

"不过,"真莉亚的表情阴沉下来,"既然跟乾有关系,那就不能掉以轻心了。这跟好恶无关,他确实有点吓人。"

毛毯和枕头不知该说什么,先对视一眼,然后耸了耸肩。

"你们也听说了吧,他其实很可怕。"

"所以我们才跟乾散伙了。"

"好烦啊。"

"什么?"

"我觉得瓢虫应该赢不了。"真莉亚说得很肯定,毛毯感到意外,便反问道:"可他不是E2的幸存者吗?"

"嗯。"真莉亚的声音有点虚,"怎么办啊,瓢虫到底在哪儿啊?"

"这么问可能有点多余,你用电话联系不上他吗?"如果能联系上,就不用这样了。

"不知道他是接不了电话,还是把电话弄丢了。"

这时,毛毯的手机响了。拿出来一看,是乾打来的。"真的,一提到他就会打电话过来,跟窃听了我一样,好吓人。"她忍不住说道。

虽然真莉亚在旁边,但她觉得应该不要紧,就打开了免提。

"我这边还有个临时任务想拜托你们。"

他那轻浮的语气让枕头叹息一声。"拜托,我们还在做你下的上一单,忙着收拾2010号房的尸体呢。"

"现在这个单比较急,在三楼的枫之间宴会场,被别人发现前赶紧运出去。"

"这家酒店究竟怎么回事啊？到处都是尸体。"毛毯忍不住抱怨。

真莉亚听了抱紧胳膊，咬着嘴唇，虽然样子有点滑稽，但看得出她十分警惕。

"好像很多事情超出了我的计划。"

"肯定跟六人组有关系吧。这里也有他们的人的尸体。"

"在枫之间的尸体也是六人组的成员。平安还说，如果另一个人没死，那应该也在枫之间。你们听说过叫瓢虫的业内人士吗？"可能因为心急，乾加快了语速。

毛毯看了一眼面前的真莉亚，就见对方的目光突然锐利起来，像是要扑过来质问瓢虫怎么样了。

"瓢虫我知道，就是没见过。"枕头也看了一眼真莉亚，耸耸肩。

"他没死吗？"毛毯确认道。

"平安说一开始给他扎了麻醉针，正要下死手，被他从里面关上了门。平安现在要过来跟我做交易，你们就帮忙收拾一下宴会场呗。"

"虽然不想接……""但是好吧。"枕头和毛毯各说了半句话。

"太好了。"

"你马上要谈生意？"

"对呀，先挂了。"

通话结束，枕头翻了个白眼。

"又加单了，这酒店真邪门。"

"不过现在知道瓢虫在哪儿了。"

"没想到竟是在睡觉。"真莉亚的目光中没有一丝笑意。

紙野 1720号房

平安在三楼宴会场枫之间射出的箭矢刺中了七尾，导致他的动作明显变慢，眼看着就要被平安的致命一击打中。

得想想办法，念及此，纸野结花能想到的只有独自逃走。

只要自己逃出枫之间，平安就会顾不上七尾，转而追赶自己。事实证明，她猜对了。

平安很快就追了上来，脚步飞快。她像是被宠物狗咬了手的主人，浑身散发着愤怒，奔跑的速度超出想象。纸野结花被揪住领子，猛地向后一拽，一屁股跌坐在地。

"别给我乱来，累死人了。"平安丝毫不掩饰愤怒，拖着纸野结花往回走。"嗯？门怎么关上了？"她像个抱怨恋人的女子般嘀咕着，抬手去拧门把手，继而轻叹，"唉，你看，都怪你，门被锁上了。"

纸野结花喘着粗气，却放心了不少。至少她让七尾暂时摆脱了危险。

"算了。"平安说道，"我们去1720号房吧。"说完她就拉着纸野结花走向电梯厅。

到达十七楼，平安大步前进，走到1720号房门口。按下门铃之后，她像跟兼职同事聊天一样说："这下总算完成工作了。"

接着她又笑了起来，"真好奇你会有什么下场啊。虽然发生了这么多事，但我还是很期待后续哦。"

片刻之后，房门打开，一个穿着西装、身材高大的男人出现在门后。男人看了一眼平安和纸野结花，转身进了屋。他一言不发的态度明显激怒了平安，但她还是迈开了步子。"意思是叫我们进去吧。"

客房的起居室区域摆着一张大理石桌，还有供四人落座的沙发。此时沙发上坐着一个男人。"辛苦了，快请坐吧。"他抬手招呼着。纸野结花认出那是情报局长官蓬实笃，顿时察觉到情况不简单。

虽然对方让她坐，但她还是站在原地，绷紧了身体。

蓬长官怎么会在这里，乾不是在找她吗？

脑中涌现出许多疑问，而且那些疑问像是被龙卷风裹挟着，让她无法捉摸。

这真的是蓬长官。

十五年前发生在快速列车上的情景猛地复苏。她当时就在那辆列车上，理应感谢他救了自己，可是她说不出口。

眼前这场面实在太不现实了。

这到底是什么样的梦境啊。

她还认出了站在蓬长官旁边的男人，是他的秘书。快速列车内发生伤亡事件后，那个人也上过好几次新闻。纸野结花的记忆库中不断跳出他的姓名、年龄、与蓬的关系等信息。

"那什么，乾呢？"平安坐在沙发上，对两人问道。仅凭她的态度，看不出她是否认得对方是情报局长官。

"你能站着吗？"蓬长官对平安说话的语气很温和，但怎么听都像是命令。不仅纸野结花，听到此话的平安也困惑不已。

"我要找的是这位纸野结花小姐,你可以走了。或者说,你该走了。"

"什么意思啊。我可是听乾的话,把这女人带过来了。"

"哦,是吗?原来你想要感谢啊。那么谢谢你,你真棒。我就知道你们一定能圆满完成任务。"蓬长官像夸奖做出成绩的下属一样,演戏的意味十足,平安顿时气得不行。

"本来就是我向乾推荐了你们。乾当初听闻她藏在这家酒店,以为自己能轻易将人抓住,一直不愿意请业内人士。我猜,他可能觉得这么做太浪费钱吧。不过一旦出了差错,就会带来不必要的麻烦,所以我才认为应该请一些优秀的业内人士,而六人组评价很好,我便建议乾找你们。看来这是个正确的决定啊,因为你真的把人带过来了。对了,另外五个人呢,已经走了吗?"

平安在纸野结花旁边"啧"了一声,然后猛地站起身。几乎是同时,眼前的蓬长官也站了起来。

蓬长官抓住平安的左肩,而她的右肩则到了佐藤秘书掌中。尽管看上去只是轻轻摸了一下,平安却发出一声惨叫。纸野结花听见了物品掉落在地的声音。平安脚边多出了一个吹筒。

他们的动作实在太快,纸野结花搞不明白究竟发生了什么。她看向旁边,平安像狂吠的狗一样大张着嘴,显然十分痛苦。

"你没事吧?"纸野结花触碰她的手,没想到平安竟然发出了动物般的惨叫,还狠狠瞪了她一眼。

片刻之后,纸野结花明白过来:平安的肩膀脱臼了。因为她发现平安像洋娃娃一样双臂无力地垂着。为什么?怎么弄的?关节这么容易卸掉的吗?

"怎么会。"平安咬牙切齿地说,"你们两个竟然是以前专杀业内人士的……"

"我们不是只杀业内人士哦。"蓬长官重新坐了下来。

佐藤秘书又从卧室里的床上带来一个瘦男人。那人面孔陌生，跟平安一样双臂无力地垂着，头发染成了金色。

"这边还有一个脱臼娃娃呢。他应该是潜伏在酒店企图取我性命，不过，他的刺杀长官任务失败了。"蓬长官笑着，指向金发男人。

纸野结花一脸茫然。在酒店见到可可之后发生了太多事，死了太多人，她的脑子始终跟不上事态的变化。此时此刻，那位大名鼎鼎的蓬长官又说了那么可怕的话，她更觉得这一切显得很不真实了。

软塌塌的金发男人被佐藤秘书又拖又拽，虽然表情扭曲，但没有发出一丝声音。肩膀都脱臼了，肯定很痛，不知他是习惯了疼痛，还是意识到就算叫也没有用。

"我让那位池尾记者观看了卸掉肩关节的整个过程。"

听完蓬长官的话，纸野结花才发现房间角落里还有一个男人。他蹲在床边缩成一团，嘴巴被塞了毛巾，一动不动。他的肩膀可能也被卸掉了，还翻着白眼，明显已经死亡。

"我还得让这个金毛吐出委托人的信息。等会儿乾过来了，他会帮我问。"

这句话仿佛在说，我留他一命只是为了让他说话，否则他早就死了。

救救我，救救我——纸野结花在心中反复呼喊。她不知道应该向谁祈祷，只能不停地默念这句话。身体的颤抖怎么都控制不住。

平安说了些什么。不知是挑衅还是咒骂，总之非常咄咄逼人。

蓬长官再次起身。下一刻，平安就倒下了。因为蓬双手抓着平安的脑袋,像摘果子一样拧断了脖子。

"本来她老实一点,是能离开的。"蓬长官轻叹一声,"没礼貌的人会吃大亏哦。我们很注意礼数的。"

纸野结花双手捂着嘴,一动都不敢动。她的脑子本就一片混乱,现在更像是被人使劲搅了几下。等一下,等一下——她想着,请等一下,我真的不太明白。

纸野结花急切地想,要是乾来了,或许可以向他求助。乾找她是因为她记得密码,但他对她应该没有憎恨之情。她真的可以在这上面赌一把。她可以说出密码,但是作为交换,乾要保证她的安全。纸野结花在乾手下工作了两年,说不定乾对她有些感情。更重要的是,纸野结花接触到的乾,并不是冷酷无情之人。

乾会像宰鱼一样宰人,这种传闻难免有些夸张。而且就算是真的,纸野结花也从未亲眼见过。

她的呼吸越来越粗重。

"你放心吧,我不会折磨你的。万一把你吓得记不起来了可怎么办。佐藤,请过来一下,我们先做好输入密码的准备吧。"

佐藤秘书把双肩脱臼的金毛拖回床上安置好,然后走了回来。因为他的动作很粗暴,金毛痛得大叫一声。

纸野结花意识到他们真的要输入密码,似乎不打算等乾过来了,不由得心中大惊。

1720号房

佐藤秘书在桌上立好平板,又连接了简易键盘。

"佐藤,你去把房门反锁吧,免得有人刷门卡进来。"

蓬长官话音刚落,纸野结花立刻说:"那个,乾先生呢,他不是要过来吗?"要是反锁了房门,她就不能指望外面的人来救自己了。就算她能趁机逃脱,也平白多出了开门的麻烦,让本就艰难的事情变得更不可能了。

"就算是乾来了,我也要请他出去的。毕竟到了输入密码的时候,就用不上乾了。被那种人看到资料会很麻烦。"

纸野结花明白了,难怪蓬长官会亲自过来。如果找别的人代为行事,极有可能会泄露资料的内容,所以他把人数控制在了最低限度。

那些资料对蓬先生来说有那么麻烦吗?

她不敢问出这句话。就算对方承认了,现状也不会好转。

佐藤秘书锁好门回来,便对着平板敲起了键盘。

"乾说了,他已经找到资料的位置,但是浏览和删除都需要输入密码,因此他自己尚未看过里面的内容。当然,他也可能说谎了。不过要是说谎,很快就会暴露。这份资料对乾来说毫无意义。但你记下了所有密码,对不对?虽然很难相信,但听说你的记忆力很好。莫非你的脑容量没有上限吗?我真想打开你的脑袋看看呢。"蓬长官应该在开玩笑，但纸野结花笑不出来。

"连上了。"旁边的佐藤秘书说。

蓬长官看向画面，轻笑一声。"虽然事先有所耳闻，不过这还真的像知识竞答呢。"

你毕业于哪所学校？第一次吃的冰激凌是什么口味？这类问题都需要输入文字作答。

"问题应该有很多吧？"

"有七百七十七个。"纸野结花回答。她害怕自己回答得不够好，会被人捏碎双肩。

"有这么多？"蓬长官瞪大了眼睛，"真没想到啊。"

"我也吓了一跳。"她没有说谎。因为当乾把那张手写的列表交给她、让她记下来时，她还以为这是在开什么玩笑。

"你竟然把答案都记住了，好厉害啊。七百七十七个问题，应该是故意的吧。毕竟'777'可是幸运数字。系统该不会要我们把七百七十七个问题全都回答一遍吧？"

"应该是随机抽取四五个问题作答。这是乾先生告诉我的。"

"四五个吗？但是不知道系统会抽取哪些问题，所以到头来还是得记下七百七十七个答案。"

佐藤秘书开始看着屏幕读题。

纸野结花有点犹豫要不要如实回答，最后还是这么做了。就算她不说话，或是故意说出错误答案，最后还是会被屈打成招。

"通过了。接下来显示了一段文字。"佐藤秘书又念了一道题。

纸野结花有点慌张。这个房间里躺着被拧断脖子的平安、被堵着嘴死去的记者，还有被卸掉了双臂的男人，而她却在这里回答一些稀松平常的问题。

"说到'777'，我以前有个朋友很爱说一句话。"蓬长官开始回忆往昔,"佐藤,你也记得吧?"

"哦,你说那个人吗?"佐藤秘书点点头。

"那个人经常说:'我儿子小时候有个玩具老虎机,他一直摇不出'777',还哭鼻子了。'"蓬长官说这话时语气很是戏谑,应该是在模仿那个人,"他看起来那么严肃认真,真的很可笑。那人还哭着说:'我这辈子过得糟糕透顶,只希望儿子能幸福。'"

"他说过这种话吗?"

"因为太好笑了,所以我记得很清楚。谁知道他有几分真心呢。糟糕透顶的人只能生出糟糕透顶的孩子啊。所以我打从心底里可怜他。"蓬长官的话语中听不出一丝怜悯。

纸野结花险些说出自己也知道这个故事,但是拼命忍住了。

是乾。她是听乾说的。那时她正在财务系统上输入数据,乾突然走过来,少见地说起了自己的过去。"小时候我有个玩具老虎机,但是别说大奖了,连一个'7'都抽不到。我特别担心,就去找爸爸了。"

我运气这么差,不会有什么问题吧?爸爸,我们会不会很倒霉啊?

"你爸爸怎么说?"

"我爸欲哭无泪地安慰我:'你不用把运气浪费在玩具上。以后遇到更重要的事情时你的运气一定很好,所以不用担心。'可是我看着自己的父亲,反倒更担心了,觉得他有空担心儿子,不如先担心一下自己。"

她清楚记得乾说完这句话后害羞地笑了笑。纸野结花问蓬长官:"你跟那个人是什么关系?"

蓬长官跟旁边的佐藤秘书对视了一眼,像是在无声询问:"能告诉她吗?"

"你知道十五年前快速列车上发生过一起伤亡事件吧?"

纸野结花点点头。她没有说自己也在那趟车上,甚至就在案发的车厢里。因为一旦说出来,她就得感谢蓬长官救了她。

"我和佐藤制伏了凶手,那个人后来被判了死刑。"

"我记得这件事。"她想起了那个挥舞着利刃的中年男人。

"就是那个人。"

"什么?"

"刚才说儿子有玩具老虎机的人,就是伤亡事件的凶手。"

"为什么?"

纸野结花脱口而出这么一句话,显得有些僭越,佐藤秘书目光凌厉地扫了她一眼。

"要问为什么,当然是有人作案,才会有案子。如果没有凶手,我们就无法抓到凶手。那个人背了一屁股债,正发愁呢。正因为走投无路了,只能对我们言听计从。或者说,是我们把他逼上了必须言听计从的绝路。"

乾的父亲吗?

佐藤秘书念出了第三个问题。

纸野结花已经在思考乾的父亲和快速列车上的案子。乾的父亲是凶手?她实在太在意这件事,嘴巴机械地回答了佐藤秘书读出的问题。

"同样是人,有的人在背后操控,有的人则被操控,真残酷啊。"蓬长官毫无愧疚地说道。

佐藤秘书验证完答案后,念出了下一个问题。那是一段文言文。

快速列车伤亡事件的凶手是乾的父亲,而蓬长官说那是他们策划的。这到底是怎么回事?

当时车厢里的情景还历历在目。到处都是血迹，孩子发出凄厉的哭声，还有不少人倒在地上。惨叫和怒号在脑中不断回响。

纸野结花说出了答案。

她顾不得眼前的事情，一个劲儿地思考着。十五年前发生的事，乾的心情，自己所处的境况，她得想清楚这究竟意味着什么。

"哦，可以了，密码全部验证成功。总共就四个问题。现在可以打开文件了。"佐藤秘书说，"要直接删除吗？"

"难得通过了，先看看里面是什么吧。"

"是一段视频。我点播放了。"

蓬长官凑近平板看了起来。

纸野结花看着那两个人，心里想着现在有没有机会逃离。既然密码已经验证完毕，她就派不上用场了。蓬长官连快速列车伤亡事件的真相都告诉了自己，显然是确信她不会说出去。

她极有可能跟倒在一边的平安是一样的结局。

是不是该拼死反抗一下呢？

纸野结花的心跳越来越快。既然都是死路一条，不如垂死挣扎一下？

可是，她双腿发抖，站都站不起来。为什么事情会变成这样？我究竟做错了什么？

"蓬先生。"她突然听到了乾的声音，不由得心里一惊。随即她意识到，那声音来自平板上正在播放的视频。乾出现在了视频画面中。"蓬先生，感谢你今天特意跑这一趟。看来密码对上了呢，恭喜啊。"

"呵呵。"蓬长官轻笑两声，"这是要干什么？"

乾的声音再次响起。"我说要把资料交给蓬先生，其实是骗你的。"

蓬长官和佐藤秘书对视一眼，显然他们并没有料想到这种情况。他们看起来并没有很紧张，但明显很不愉快。

"我猜，如果是要交接不能让别人看见的资料，你应该会跟佐藤秘书单独出面。毕竟带太多保镖会让我很难应付啊。所以我才专门为你们准备了这桩交易。"

蓬长官叹息一声，仿佛觉得被迫加入这场恶作剧纯粹是浪费时间，甚至是他人生的污点。

"本来我也不指望乾除了跑腿还能干什么，没想到他竟然如此无聊。"

"这个女人已经没用了吧。"佐藤秘书站了起来。

纸野结花像是被猛禽盯上的小兽，全身都僵硬了。

"是啊，那就按老办法来吧。"蓬长官说完，像是想到了好主意，拍了一下手。纸野结花吓了一跳，感觉心脏都要爆炸了。"等等，这次多花点时间似乎也不错。"

"比平时多花点时间吗？"佐藤秘书反问。

"这位纸野结花小姐拥有惊人的记忆力，想必会一直记得自己承受过的痛苦。"

"哦，原来如此。被你这么一说，我的确挺想试试忘不掉是种多么痛苦的感觉。"

蓬长官高兴地点点头，像在称赞佐藤果然懂他。"既然浪费了这么多时间，我们应该好好发泄一番。"

佐藤秘书抬手伸向坐在沙发上的纸野结花。她知道自己要被卸掉关节了，但身体怎么都不听使唤。仿佛只要被碰到，她的全身就会放弃挣扎。

"从哪里开始让她痛苦呢。"佐藤秘书对蓬长官说。他的表情暧昧不明，眼眸深处却闪烁着愉悦的神采。

纸野结花再次想，怎么会变成这样？我只是记性好一点而已，为什么会走上如此可怕的人生？为什么偏偏是我？焦虑和恐惧在心间回荡，她只觉得满腔怨怼。真的好羡慕别人。

这时，纸野结花又想：为什么要跟别人比呢。苹果树不需要羡慕玫瑰。

下一刻，视频中又传来了乾的声音。

"纸野，竖着读。"

她不知道乾在说什么，先是愣了一瞬，随即意识猛然清醒，被压制的大脑重新开始运转。

"把密码的首字竖着读。应该有四个吧，快想起来。"

视频还在播放，乾还在说话。

纸野结花回忆起刚才自己说过的四个密码。当然，她几乎不需要回忆的过程，因为那些都刻印在她的记忆中，就像直接读取文字。那四个字很快就出现在脑海中。

几乎是同时，她看见床上的金毛站了起来，轻轻一晃。那是盯上了蓬长官的业内人士。他两条胳膊都脱臼了，就像被拔掉翅膀和足肢的昆虫，但他此时像是重新获得了新生，稳稳地站起来了。

他小心翼翼地弯曲膝盖，抬起一条腿，踩在地上。

将密码竖着读，那四个字连起来就是"闭上眼睛"。

纸野结花紧紧闭上眼睛，还覆上了双手。

下一刻，她感到室内一亮。蓬长官和佐藤秘书大声叫喊，发出了类似动物的嚎叫声，又像是惨叫声。她好像还听见了爆炸声，但那个声音很微弱。

"怎么回事？""我的眼睛！"蓬长官和佐藤秘书的声音。

有人撞上了稍远处的墙壁。

"蓬先生，佐藤先生，你们什么都看不见了吧。真可怜啊。"

一个声音在靠近，明显是乾。

蓬长官和佐藤秘书似乎站起来了。"乾？"蓬长官说。下一刻，他似乎又倒下了，还能听见佐藤秘书的呻吟。

"我父亲去世时我十四岁，正值多愁善感的青春期，你们怎么能让我看见父亲如此凄惨的模样呢，那样会给孩子带来各种不好的影响哦。也许你们当着我的面折磨父亲，就是为了让我难过。不过，那样真的不好哦。"乾的声音已经不是录音，而是实时发出的。乍一听似乎很平静，但是在不起眼的地方带着一丝颤抖。不知是因为紧张还是兴奋。

"父亲对我说了你们做的事情。他说他只能服从。如果不那么做，就会连累我。多可笑啊。亲生父亲做了那种事，儿子再怎么样也会被连累的呀。"

"乾，你这是什么意思？"蓬长官说话时还在不断挪动身体。

"蓬先生，你刚才有句话说得很不错。"

"什么？"

"有的人在背后操控，有的人则被操控，是这样说的吧？蓬先生，你是哪种人？"

蓬长官似乎"啧"了一声，然后是人的身体部位被强行拧断的动静以及惨叫声。

纸野结花呼吸急促，动弹不得。片刻之后，她又听见了乾的声音。

"纸野？不好意思啊，用这种方式强迫你帮忙。"

啊？她心中一惊，条件反射地睁开眼，又慌忙闭上了。

"已经没事了，不刺眼了，刚才只亮了一下。"

闻言，纸野结花睁眼看向说话的人，却只看到一张陌生的脸，留着一头金发。

"刚才那个是闪光弹，靠脚踩引爆。我都说现在不流行炸弹了，大家就是不听。爱护物品才能更好地保护环境啊。"

他究竟在说什么？纸野结花一脸茫然。

"要是睁着眼睛，就会被强光刺伤，起码一个小时无法视物哦。"

蓬长官和佐藤秘书倒在桌子的另一头，二人的脖子都在流血。他们目光空洞，嘴巴张开，舌头耷拉在外面。

"那个……"

纸野结花已经确信面前这个言语戏谑的人就是乾，除了脸长得不像，他跟乾一模一样。

"我是在拍猫咪照片时想到了闪光弹的主意。"

乾的声音很轻松，但仔细看便会发现，他的身体在颤抖。

"我得感谢你，或者说，要对你说声对不起。"

"你是指让我记住密码吗？"

"也包括那个。其实我想弄得更简单一些，把蓬先生喊出来，我假扮成杀手。但是在实施计划之前，你不见了。所以事情就成了现在这个样子。"

纸野结花不知该说什么，嘴巴嗫嚅着，没有出声。

"后来我得知你躲在这家酒店，就觉得把蓬先生请过来应该能完成计划。结果呢，蓬先生又叫我找六人组过来。当时我都快急死了。因为那帮人特别可怕，下手特别狠。可是，如果不叫六人组过来，蓬先生又会怀疑我，所以我只能照做。"

"我……"她还是说不下去。

"接着我又得知你请了可可，就盼着你能想办法逃出酒店。"

"你早就知道了吗？"

"是啊，不过我一直联系不上可可。想想也对，她的任务是帮你逃离我，自然不会跟我接触。我唯一能做的，就是再三吩咐江户他们千万不要伤害你的性命。"

她想起了可可。相比她感受到的恐惧，最让人难过的还是可可女士的死。

"其实，是你之前说的名言一直支撑着我活到现在。"

名言？她说过什么名言？纸野结花困惑不已。

"你说：'忘掉？怎么忘？'"

"哦。"

"不可能忘掉的。我父亲一直很担心我能不能得到幸福。"乾摊开双手。

纸野结花还是说不出话。

"我是自己硬接上胳膊的，好痛哦。"乾摸了摸右肩，"能认识你，真的很好。在最重要的事情上，我走运了一次。"

"啊？"纸野结花不由得反问。乾没有回答，而是认真地问道："我今天吃没吃过午饭啊，你记得吗？"

布 三楼枫之间

到达三楼，二人直奔宴会场。一起跟来的真莉亚似乎没用过员工电梯，高兴地说："有点去后台探班的感觉呢。"尽管她很担心瓢虫，但丝毫没有表露出来。

她们的目标是乾指定的"枫之间"。三人顺着走廊向前走。

在宴会场楼层不适合客房清洁员推着布草车走来走去，再加上旁边的真莉亚一身便装，极有可能被人怀疑。不过毛毯知道，只要行为举止足够大方，别人就会自行寻找理由，说服自己"这样一点问题都没有"。

最近的大宴会场里聚集着许多人，显然在搞什么活动，她们快速走了过去。枫之间在最里面，不过那扇门前站着一个穿制服的男人。

"这是怎么了？"真莉亚迈近一步问道。

"啊，不是……"对方明显不知道真莉亚是谁，但又不好意思问，"这扇门被反锁了，打不开。我只是碰巧路过的。"

"我们就是过来解决这个的。你先回去工作吧，接下来的事交给我。"

对方也许很疑惑这个女人为什么在指挥他，但他并没有说什么，只留下一句："谢谢你。"然后便离开了。

枕头靠近大门，拧了拧门把手。

"能打开吗?"

"我们有很多酒店的IC卡,而且会开锁,所以只要是酒店的门,基本都能开。就算里面扣上了门扣,也能从外面用绳子挑开。"

"好厉害啊。之前我就一直想问你,要不要去我那边做事?"

真莉亚的话怎么听都不像真心的,毛毯只是含糊地笑了笑。

枕头蹲下身,把开锁工具插进锁孔,咔嚓咔嚓地摆弄起来。

"真不好意思啊,把你们给卷进来了。"

"刚才的电话你不是也听了吗?这也是我们的工作。是乾叫我们过来打扫现场。"

"乾整天就只会说大话,根本不理解一线人士的心情。"

"真莉亚小姐给瓢虫派任务的时候应该也差不多吧。"毛毯说。人一般很难察觉到自己的态度有什么问题,所以说,"以人为镜"真是至理名言啊。如果大家都这么做,这个世界也许能变得更美好。

"还有,乾其实挺努力的。"枕头一边开锁一边说。

"努力?哪里努力了?他不是什么都推给别人做吗?"

"他现在应该在1720号房。"

"这家酒店的?"

"没错,还染了一头根本不适合他的金毛。"

"还换了脸。"

"搞什么?"

"我们一开始听到乾的委托内容时也很震惊。真没想到背后竟然有小蓬。"

"小蓬?"真莉亚反问道。

"乾以前也请过业内人士去暗杀小蓬,不过都被迅速反杀了。

最近不是发生了几起业内人士被卸掉肩关节然后杀害的事件吗？没想到那竟然是小蓬他们干的。"

"真莉亚小姐也听说过卸掉目标胳膊的业内杀手吧？"

"哦，听说过。当时我可害怕了。可那又怎么了？小蓬是谁啊？"

毛毯如实告诉她："我不知道该说多少。"

"那就从头说起，别再卖关子了。"

"我在反省了。"枕头笑了笑，"假如有时光机，我肯定会倒退回刚才，重新做人。"

乾找到枕头和毛毯委托工作时是这样说的："我想报复蓬长官和佐藤秘书，但他们不好近身。只要能跟他们待在同一个地方，一个不算太大的房间里，我就有机会。"然后，他说出了委托内容，"所以，你们能把我当成接了暗杀任务的业内人士，适当捆一捆，扔进房间去吗？"

"如果这是工作，我们就接。不过能顺利吗？一旦被看见长相，乾恐怕立刻就会被抓住吧。"

"长相可以变。现在连十几岁的小孩都去整形了。脸只是小事情。"

毛毯一直以为乾把自己俊美的外表当成武器，没想到他竟能如此干脆地说出这种话来，不由得感到意外。

"有业内人士受人所托暗杀蓬先生——我会事先传出这样的传闻。事实上我确实请人去暗杀过，只是失败了，所以这也不算假话。而枕头和毛毯呢，就负责在酒店抓住我，带去交易现场。"

"哦？"

"暗杀者若想隐藏，最好隐藏在失败的暗杀者之中。"

"哦。"

"可是你真的有必要这么麻烦吗？甚至去整容？就不能趁小蓬在餐厅吃饭的时候动手吗？"

"平时他身边有很多保镖，暗杀难度太高了。另外，蓬和佐藤二人都不简单，如果不能出其不意，就会遭到反杀。我请的业内人士都以为自己抓住了机会，但他们都被反杀了。"

"这么棘手吗？"

"他们职业杀手的名号可不是吹出来的。"

"不会吧？"枕头惊讶又恐惧地说，"小蓬是职业杀手？"

"不过，要是你没有被怀疑，他们把你当成暗杀者抓起来，很可能会动刑哦。首先肯定会卸掉你的胳膊。"

"我当然做好准备了。"乾的语气很欢快，仿佛在讨论聚会事宜，"卸掉胳膊我可以忍耐。当然，这也是我计划中的一环。只要脚还能用就行了。"

"脚？难道你练了腿上功夫？"就算练了，蓬长官他们可是职业杀手，肯定打不过的。

"我练的是如何给自己接上胳膊。"

"啊？"

"往墙上一撞就能安回去。枕头和毛毯，你们记住了，学习最重要哦。"

"乾，你没搞错吧？哪有人能自己安胳膊啊。"毛毯说。

"可以的。不然正骨师是怎么给人正骨的呢？我没说过吗？我还有柔道整复师^①的资格证哦。"

"这种事谁知道啊。"毛毯都听不出这句话是不是开玩笑。

"就算你能利用墙壁安上胳膊，对手也不会给你这么多时间

---

①一种正骨按摩的方式，动作幅度大，看起来像是在练柔道。

吧。"

乾笑着说:"我会先夺走对方的视力,然后趁机完成所有工作。就算他们卸了我的胳膊,我还可以用脚踩啊。"

于是,她们按照指示,用床单包着乾令其无法行动,再把人送到了1720号房,还在床底下放了一个薄薄的圆盘状物体。乾说那是"闪光弹",看上去比听歌用的CD还小一些。乾会找机会用脚把它勾出来,然后踩上去引爆。

"会顺利吗?"这事毕竟与她们无关,毛毯有点看戏的感觉。

接受委托后,枕头说了一句:"真没想到你会这么信任我们。要是这件事被小蓬知道了,肯定很麻烦。只要我们说漏一句,乾你就完蛋了。"她说得很有道理。

"我二十岁进入业界,就一直在寻找,花了不少时间。"

"寻找什么?"

"值得信赖的人啊。枕头和毛毯就值得信赖,不是吗?"

毛毯与枕头对视一眼,笑着说:"真有眼光。顺带一提,我们听过一个可怕的传闻。"

"传闻?"

那些话说出来需要一些勇气,但毛毯下定了决心。"说你有解剖人体的癖好。"

乾高兴地笑了。那种笑就像是成功追到了一个女人。"那个传闻是我放出去的,为了不让业界的人小看我。刚才我也说过,为了学会接胳膊,我去学习了骨骼和肌肉的知识。这样一来,总得找点理由吧。"

"所以你就编造了这么可怕的谣言?"毛毯无语地说。

"挺不错啊,怪吓人的。"

"哪里不错了,简直糟糕透顶。"

"随便你怎么想吧。"

不知乾的计划进行得如何了？毛毯有点想知道十七楼的情况。

"乾看起来总是吊儿郎当的，特别讨厌。而且任何时候都大大咧咧，什么事情都推给别人。"真莉亚还在旁边嘀嘀咕咕地抱怨，毛毯忍不住笑了。

枕头站了起来。"锁开了。"

"谢谢。"毛毯和真莉亚异口同声地说。

她们小心翼翼地打开门，防备着有人从里面冲出来。毛毯推着布草车，时刻跟枕头保持着队形，缓缓走进室内。

里面有很多长桌和椅子，门边的桌椅被掀翻在地，显然是打斗的痕迹。

她们一眼就看见了瓢虫。因为他就趴在大门旁边。

真莉亚跑过去，熟练地探向他的颈动脉。虽然看不到表情，但是只看背影，就知道真莉亚松了口气。

"这小子睡着了。起来，快起来，天亮啦。"真莉亚把瓢虫翻过来仰躺着，开始摇晃他的身体，继而轻轻拍打他的脸。"你妈来啦。"说完这句她又接了一句，"你爸来啦。"

"这里面应该有尸体吧。"枕头想起了她们的工作，推着布草车开始寻找。毛毯点了点头。她们避开长桌，四处搜寻任务目标。

片刻之后，一个男人猛地站了起来。他原本躺在长桌底下，这么一起身，就像炸弹一样，把桌子和椅子都掀飞了。

那人头发凌乱，脸上少了好几块肉，浑身是血。

"毛毯。"枕头一声轻吓，抛出床单，毛毯接住了。

男人距离毛毯她们还很远，毫不犹豫地朝着正在唤醒瓢虫的真莉亚冲了过去。他的状态很不对,像是一头已经陷入癫狂、见人就咬的野兽。"真莉亚小姐!"毛毯急得大喊一声。

而就在此时,熟睡的瓢虫坐起来了。毛毯不禁咋舌,这也太不是时候了。

瓢虫坐起身,像是在确认自己所在的地点和周围的情况。

男人带着自爆的劲头猛冲过去。真莉亚也发现了他。

毛毯站在原地,束手无策。

真莉亚一把将刚坐起来的瓢虫按了回去。毛毯心想,她是准备护着瓢虫,自己成为攻击目标吗?

真莉亚从地上捡起一个东西,就着蹲低的姿势飞快地扔了出去。

下一个瞬间,男人骤然停下动作。毛毯只能看见他的背影像突然停电一般静止了。

接着,男人一头栽倒在地。虽然不至于造成轰鸣,但地板还是微微震动了一下。

毛毯她们跑过去时,瓢虫又重新坐了起来。"你怎么把他给弄倒了?"他对真莉亚抱怨道。

"我救了你,你应该感谢我才对吧。"

"我都不知道发生了什么事。"

"你做什么事都会倒霉,所以我猜,那人一旦把你撞倒,地上肯定会有危险的东西等着你送上门。"

"什么意思?"枕头问。

"具体来说就是你被他撞倒,倒地的地方正好有图钉或者钉子之类的东西,恰好扎到你身上。谁让你是行走的霉运呢。面色一沉就有蜜蜂来蜇,走路一摔就有尖锐物体垫在下面。这就是你的命运。而我呢,早就看穿了你的命运,于是在你身边扫了一眼，果然找到了。"

"找到什么了？"

"地上扎着一根长针。或者应该叫箭矢吧？"

"哦，那是他刚才射过来的。"

毛毯转头看向倒地的男人，就见他额头上扎了一根分不清是箭矢还是钉子的细长物体。

"正中眉心啊，真不愧是真莉亚小姐。"枕头站在旁边，跟毛毯一起俯视着那个人，小声嘀咕道，"这男人也挺难杀死的。"

脸都变成那样了，竟然还有如此惊人的行动力。

毛毯和枕头商量了一会儿，把男人塞进了布草车。然后她们重新摆好桌椅，开始清洗血迹。如果不快点弄好，可能会有人进来。

"这次的工作是不是很简单？"真莉亚说。

"简单得惊人。"瓢虫回答。

二楼餐厅

太久没在正规餐厅吃饭,七尾有点坐立难安。他不习惯一道一道上菜的规矩,也不习惯有人在旁边讲解每一道菜。对面的真莉亚听了他的抱怨,对他说:"每顿饭都这样吃当然很麻烦,不过每年在这种地方吃上几次还是好的。可以体验一下法式全餐的滋味。"

"你是一年几次,我几年都没有一次。"

"那不就跟世界杯一样吗?应该挺热闹的。"

七尾感觉自己一拳打在棉花上,不由得叹了口气。"那什么,一年前蓬也是在这家餐厅里吗?"

"他在这家酒店的餐厅里,跟一名记者吃了一顿全餐。店里的人都记得呢。"

"餐厅没有监控摄像头吗?"七尾看了看天花板和四周的墙壁。

"餐厅门口有,但是里面没有。"说话的人是七尾旁边的可可,"其实为了防范小偷和给饮料下药的人,应该每张桌子都装监控才对。"

"那天酒店内的监控录像都没了,是可可女士做的吗?"真莉亚问。

温顿皇宫酒店的骚动已经过去了一年。那天,吹箭六人组、高良与奏田、蓬实笃及其秘书佐藤,还有一名新闻网站的记者都死在了这里，但事情完全没有传出去。

没有传出去的原因之一，就是有人及时处理了尸体。听闻有人把所有尸体都运了出去。也就是525号房、2010号房、1720号房，以及三楼和一楼厕所里的尸体，无一遗漏。真莉亚说："枕头和毛毯很优秀，我都想把她们招过来了。"不过七尾觉得，成为真莉亚的专属下线好像并没有好处。

后来，关东地区某高原疗养地的别墅发生火灾，人们在现场发现了蓬实笃和佐藤秘书的尸体，这一消息震惊全国。是真莉亚让人把他们的尸体运到了那个地方，因为"一直失踪会显得不正常"。

骚动没有传出去的第二个原因，就是酒店没有留下监控录像。就算有人知道蓬长官去了餐厅，却也无从调查他们在酒店内的行动。

"删除录像数据的人不是我。"可可说，"你们也知道，我当时还在三途河[①]里游泳呢。"

"三途河原来是游过去的吗？"

可可做了个划水的动作。

"还是自由泳啊。"七尾忍不住说。

"我猜是六人组那些人干的。他们那天一直在查看监控摄像，也许在快要抓住纸野妹妹的时候，顺手删掉了全部数据，还把录像功能停掉了。"

七尾戳起一块瑶柱，蘸上盘子里的酱汁，送入口中。

"怎么样，好吃吗？"真莉亚问得他有点烦。

"还能不好吃吗？"

---

① 神话传说中冥界的河流，生与死的分界。

"可可女士,你今天叫我们来吃饭,"真莉亚擦了擦嘴,"是想听听那天发生了什么事吧。"

"都过去一年了才打听?"

"因为可可女士一直在住院,之前就算想打听也有心无力吧。"

"我前不久刚出院了。"

"恭喜出院。"

"医生也很惊讶,不过啊,我还没看够儿子的比赛呢。"

"可可女士,那是真的吗?我还以为只是传闻呢。"

"当然是真的。我儿子是老练的左投手。"

七尾不明白她们在说什么,也不想明白,干脆埋头吃饭。

一年前在温顿皇宫酒店度过的那一天,是他不愿意回想起来的噩梦。

"我出了那么多力,竟然没人来感谢我。"七尾感叹道。

"首先我不需要感谢你,因为反而是我救了你啊。"

"真要这么说,有人迁怒于你,要找你报复的事还是我告诉你的呢。"

后来,真莉亚轻而易举地查到了那个人的身份,找上门去把话说清楚,解除误会之后便两不相欠了。从结果而言,真莉亚没有去看戏其实是好事,可她事后抱怨了好久,说"我可想看那场戏了"。

"准确来说,提醒我的人是纸野妹妹。因为是她给我发的消息。"

"那也是我叫她发的。"

稍早前真莉亚对七尾说:"我现在能联系上可可女士了,下次找她吃个饭,听她说说是怎么回事吧。"七尾一点都不想去。毕竟那件事已经过去一年了,他好不容易才遗忘了一些。最终之所以答应下来,是觉得可可应该会跟他说声谢谢。

毕竟带纸野结花逃走是可可的工作,却被她半强迫式地转给了自己。按理说她应该道歉,至少得说声谢谢的。

然而,菜一道又一道地端上来,可可始终没有开口感谢的意思。他又不好主动说"你该谢谢我"。

好烦啊。七尾已经有点放弃了,好在每一道菜都特别好吃,这才让他不至于心情郁闷。在口腔中蔓延的美味让他沉浸在幸福中,甚至觉得"那只是一点小烦恼"罢了。

可可面前摆着一杯苏打水,七尾的则是可乐。方才落座时,可可开口说:"高良和奏田真是受了无妄之灾,不如就用这个来祭奠他们过世一周年吧。"然后她就点了这两杯饮料。唯独真莉亚不明就里,点了她爱喝的葡萄酒。

"可可女士,乾和纸野小姐怎么样了?后来好像没人能找到他们。"吃完肉食主菜,真莉亚问道,"是你帮他们逃走的吗?"

"我一直在住院啊。"

"就算在住院,可可女士也能做到吧。"真莉亚说着,双手做了个打字的动作。

可可面露微笑,既没有肯定也没有否定。"我能说的不多。不过,你们不觉得他们很般配吗?纸野妹妹做事认真又深思熟虑,学什么都快,而乾是吊儿郎当的轻浮性子。"

"他们是一起躲到什么地方去了吗?我不太明白,那两个人关系这么好的吗?"

"你问我,我也不知道啊。"七尾说。

"他们之前不是那种关系,不过后来应该是了。"

"怎么跟猜谜语似的。"七尾摇摇头。一切都像个谜团。酒店里的蓬长官为什么会掺和进去，乾和纸野结花究竟做了什么。"那天有不少人守在酒店门口，纸野结花是怎么逃出去的？"

"应该是跟乾一起出去的吧。我听枕头和毛毯说，当时还有专门搞运送的业内人士。"真莉亚漫不经心地说。

"乾和纸野其实想远走高飞，躲到国外去，但是他们首先要攒一笔钱。乾还说他会好好工作的。"

"好好工作？那跟不准猫睡觉有什么区别？"真莉亚觉得他不可能做得到，"万一他们藏的地方暴露了，恐怕会很惨。"

"那么，假如我用尽浑身解数为他们重启人生呢。"

"唔……"

"应该不会有人发现，因为我很擅长这种事啊。所以，他们两个肯定能开启新的人生。不需要躲躲藏藏，甚至就坐在我们隔壁桌吃饭也不用担心。"

被她这么一说，七尾忍不住往旁边看。但那里并没有人。"哦。"他应了一声。

"哦什么，真没意思。"真莉亚指着他说，"纸野小姐可是你的救命恩人。"

"是吗？"

"我没告诉你吗？多亏她逃出宴会场，你才保住了性命。"

"哦，话是这么说，不过后来我一想，如果她不把我卷进去，我根本就不会遇到那些事。"

她应该感谢我才对。七尾正要这么说，甜品端上来了。

硕大的圆盘中央摆着一块起司蛋糕，搭配了巧克力酱和一小块冰激凌。跟之前那些精致的料理相比，这东西显得保守多了。

七尾用餐叉切下一块蛋糕送入口中，随即感叹出声。起司的香味混合着酸味，甜橙的馨香一直蔓延到了鼻腔。片刻之后，又感受到了一点点不知是辣味还是苦味的刺激。

"怎么了？"真莉亚吃了一口蛋糕，问道。

"这是柚子胡椒吧，比我想象的好吃一些。"

真莉亚蹙起眉。"柚子胡椒？这里面有那东西？"

"啊？"七尾看了一眼真莉亚的盘子，又看了一眼自己面前剩下的起司蛋糕。两边的形状差不多，但是颜色有少许不同，而且七尾的这块蛋糕上还有胡椒似的斑点。

他又伸头去看旁边可可的盘子，可可戏谑地看着他，满脸愉悦。

接着，七尾又转头寻找厨房的位置，此时正好有一名服务生端着饮品路过他身边，突然脚下一滑，洒了七尾一身的红酒。还不止如此。另一名服务生慌忙跑过来帮忙，同样脚下一滑，把事情闹得更大了。七尾和真莉亚几乎同时开口道："经常这样。""不必在意。"

可可先是一惊，然后忍不住笑了。七尾唉声叹气，他还是这么倒霉。

"对了对了，枕头和毛毯还说了一件事。"真莉亚吃着蛋糕继续道。

"什么？"

"那天事情结束后，你不是嘀嘀咕咕地说不能跟别人比较，苹果如何如何吗？"

七尾记得离开枫之间时的确说过那样的话。因为他实在太讨厌自己的倒霉体质，迷糊间就像念咒一样念起了那堆话。

真莉亚又补充道——她们都说："听了有种奇怪的认同感。"然后还笑着说："真想在读高中时听到那句话。"说完，两个人都有点难过。

"纸野妹妹肯定不会忘记吧。"过了一会儿,可可看也不看七尾,自言自语般说道。

"啊,什么?"

"恩情。"

"哦。"

"是啊。"

"嗯,也对。毕竟她忘不了。"

七尾呆呆地晃着餐叉,用剩下的蛋糕抹掉盘子上的巧克力酱。就在他觉得那些巧克力酱好像能组成文字时,却已经被抹得七零八落了。送入口中,他尝到了红酒的香味,这应该是刚才服务生滑倒时浇在他身上的。

后记

跟我以前的小说一样,《777》所描述的世界是我创造的架空世界。故事以东京的酒店为舞台,但并没有以特定的地点或特定的酒店作为原型。虽然我向几位通晓酒店事务的人咨询过,但为了服务情节,文中的房间和电梯配置都添加了一些虚构设定。至于文中对话提到的"柚子胡椒和起司蛋糕"的搭配,我也不知道究竟是什么味道。

请各位读者把它当作与真实建筑物、人物及事件毫不相关的,发生在架空的国家和架空的建筑物中,由架空人物(和架空的起司蛋糕)编织的故事。

另外,某登场人物提到过"资本主义",这是我在与作家水野敬也先生闲聊时听他说起,然后联想到的。他还给我讲了许多刺激又好笑的故事,真的很感谢他。

伊坂幸太郎

777 TRIPLE SEVEN by Kotaro Isaka
Copyright © 2023 Kotaro Isaka/CTB Inc.
All rights reserved.
Originally published in Japan by KADOKAWA CORPORATION.
Chinese (in simplified character only) translation rights reserved by NEW STAR PRESS arranged through CTB Inc.

图书在版编目（CIP）数据

777 /（日）伊坂幸太郎著；吕灵芝译. — 北京：新星出版社, 2025.8. — ISBN 978-7-5133-6005-0

Ⅰ. I313.45

中国国家版本馆 CIP 数据核字第 2025YE2489 号

午夜文库 谢刚 主持

777

[日] 伊坂幸太郎 著；吕灵芝 译

责任编辑	赵笑笑	责任校对	刘 义
责任印制	李珊珊	装帧设计	broussaille 私制

出 版 人　马汝军
出版发行　新星出版社
　　　　　（北京市西城区车公庄大街丙 3 号楼 8001　100044）
网　　址　www.newstarpress.com
法律顾问　北京市岳成律师事务所
印　　刷　北京天恒嘉业印刷有限公司
开　　本　910mm×1230mm　1/32
印　　张　7.75
字　　数　172 千字
版　　次　2025 年 8 月第 1 版　　2025 年 8 月第 1 次印刷
书　　号　ISBN 978-7-5133-6005-0
定　　价　55.00 元

版权专有，侵权必究。如有印装错误，请与出版社联系。
总机：010-88310888　　传真：010-65270449　　销售中心：010-88310811